VENTE

DU

Mercredi 22

au Vendredi 24 Février 1905

HOTEL DROUOT, SALLE N° 7

à 2 heures très précises

ESTAMPES ANCIENNES

DU XVIIIe SIÈCLE

EN NOIR ET EN COULEURS

COMMISSAIRE-PRISEUR

Me PAUL CHEVALLIER

10, rue Grange-Batelière

EXPERT

M. A. DANLOS

15, quai Voltaire

ESTAMPES ANCIENNES

DU XVIIIE SIÈCLE

CONDITIONS DE LA VENTE

Elle sera faite au comptant.

Les acquéreurs paieront 10 % en sus des prix d'adjudication.

M. Danlos se réserve la faculté de rassembler ou de diviser les lots.

La collection sera exposée 15, quai Voltaire, du lundi 13 au samedi 18 février inclusivement.

ORDRE DES VACATIONS

Mercredi. 22 Février	. . . .	Nos	1 à 155
			673
			156 à 239
Jeudi. . . 23 —	. . . .	—	240 à 456
Vendredi. 24 —	. . . .	—	457 à 634
			674
			635 à fin

CATALOGUE
D'ESTAMPES
ANCIENNES

DES

ÉCOLES ANGLAISE ET FRANÇAISE
DU XVIIIe SIÈCLE

PIÈCES IMPRIMÉES EN NOIR ET EN COULEURS

Collection du Journal des Dames et des Modes
(La Mésangère)

TRÈS IMPORTANTE SÉRIE
DE PORTRAITS D'ACTEURS ET D'ACTRICES

DONT LA VENTE AUX ENCHÈRES PUBLIQUES
AURA LIEU

Hôtel des Commissaires-Priseurs, rue Drouot, N° 9

SALLE N° 7

Du Mercredi 22 au Vendredi 24 Février 1905

A 2 HEURES TRÈS PRÉCISES

Par le Ministère de Mᵉ **CHEVALLIER**, commissaire-priseur,
RUE GRANGE-BATELIÈRE, 10

Assisté de **M. A. DANLOS**, marchand d'estampes,
QUAI VOLTAIRE, 15

EXPOSITION PUBLIQUE

Le Mardi 21 février 1905, de deux heures à cinq heures.

DÉSIGNATION

ADRESSES, BILLETS D'INVITATION.

1. Eau de la Paix de CLAUDE BRUN et Cie, Chimistes. Très jolie petite composition allégorique dessinée et gravée par Choffard en 1801 : Une médaille à l'effigie du Premier Consul est entourée des figures de la Paix et de la Victoire.

   Très belle épreuve. Rare.

2. STRAS, Marchand joyaler du Roy demeurant à Paris, quay des orfèvres. Jolie pièce gravée par Cochin.

   Très belle épreuve. Rare.

3. A La Teste noire, LARCHER, Md Papetier. — GROULT, Épicerie Pates. — A la Belle Étoile, GUILLET, Magasin de Lustres. — DESROUSSEAUX, Md Chapelier, Passementier. — MALLEZ, Md Chapelier. — BANCE, Magasin d'Estampes. — SALMON, Md d'Estampes. — PECQUET, Géographe. — Encadrements pour adresses d'apothicaires. Dix-sept pièces.

   Belles épreuves.

4. Cartes très fines faites par RAISIN. — Mme CARTIER, demeurant à Paris, rue des Petits-Champs. — Grand Hôtel de Castille, rue de Richelieu, 113. — BAILLY, rue du Carrouzel, 40, tient l'Hôtel du Carrouzel. — Au Singe vert, VAUGEOIS, Md rue des Arcis, près St-Merry, No 56. — REGNAULT, Jardinier-fleuriste du Roy. — BIENNAIS, Au Singe violet, Orfèvre de Leurs Majestés Impériales et Royales. — Au Gourmand, CORCELLET, Md de Comestibles, au Palais Royal. — A Paris, rue du Four St-Honoré, LEROUX, Vitrier, Peintre et Doreur en bâtiments. — En-têtes de factures, etc. Quatorze pièces.

   Belles épreuves, plusieurs sont rares.

1

5. A la Teste noire, LARCHER, marchand Papetier. — Aux armes de l'université, rue de la Tixeranderie, THOMASSU, Marchand Parcheminier. — THÉODORE DE HANSY, sur le Pont au Change vend des Livres. — DERIEUX, sous la Première colonnade du Vieux-Louvre, vend et achète toutes sortes de Livres. — JOLLIVET, marchand Papetier ordinaire du Roy, deux adresses différentes. Cartes de visite du Comte KINSKY, de la Princesse de LICHTENSTEIN et de l'envoyé de LUCQUES. Neuf pièces.

Belles épreuves.

6. Lettre de faire-part de naissance avec en-tête de Mme Demaisons.

Très belle épreuve.

ALIX (P. M.).

7. BARRA (Joseph), d'après Garneray. In-4°.

Très belle épreuve imprimée en couleurs.

8. CHARNOIS (J.-Ch. Levacher de), auteur des Recherches sur les Costumes et les Théâtres, d'après Violet. In-8°.

Très belle épreuve imprimée en couleurs. Marge.

9. CORDAY (Marie-Anne Charlotte). In-f°.

Très belle épreuve imprimée en couleurs.

AUBERT (D'après L.).

10. Le Billet doux, par Cl. Duflos.

Très belle épreuve.

AUBRY (D'après E.).

11. La Nouvelle du Bien-aimé, par Simonet, 1777.

Superbe épreuve avant la lettre, elle est très fraiche et a une très grande marge. Fort rare de cette qualité.

AUVRAY (E.).

12. BOUFFLERS (La Comtesse de), assise dans un parc sur un banc de gazon. In-f°.

Très belle épreuve imprimée en couleurs. Sans marge.

BALLONS (Pièces sur les).

13. Le moment d'hilarité universelle, ou le triomphe de MM. Charles et Robert au jardin des Tuileries, le 1er décembre 1783. —

Globe aérostatique de MM. Charles et Robert au moment de leur départ du Jardin des Tuileries le 1er décembre 1783. — Expérience aérostatique faite à Versailles, le 19 septembre 1782. Trois jolies pièces d'après Dupéreux et Bertaux.

Très belles épreuves.

14. La quatorzième expérience aérostatique de M. Blanchard. — Entrée de M. Blanchard et du chevalier Lepinard, cinq jours après leur ascension aérostatique, dans la ville de Lille, le 26 août 1785. Deux pièces faisant pendants gravées par Helman, d'après L. Watteau.

Très belles épreuves.

15. La coquette physicienne. — Première expérience de la machine aérostatique avec les moyens de la diriger à volonté, par le Dr Jonnhatham, 1783. — Représentation du Globe aérostatique qui s'est élevé de-dessus l'un des bassins du jardin royal des Tuileries, le 1er décembre 1783. — Projet d'une nouvelle Messagerie. — Expérience du Globe aérostatique de MM. Charles et Robert, au Jardin des Tuileries, le 1er décembre 1783. — M. Charles aux Tuileries le 1er décembre 1783. — Madame Sage, la première voyageuse aérienne. — *The Three favorite aeral travellers* (Portraits de Vincent Lunardi, Georges Biggin et Mme Sage). Huit pièces in-4° et in-f°.

Belles épreuves en noir, en bistre et coloriées.

16. Représentation des Globes aérostatiques inventés par M. de Montgolfier. — Mgr le duc de Chartres et M. le duc de Fitz-James dans la prairie de Nesles. — Expérience des Tuileries. — Expérience du château de la Muette. — Troisième voyage aérien à Lyon, le 17 janvier 1784. — Figure exacte et proportions du Globe aérostatique qui le premier a enlevé des hommes dans les airs, etc. Neuf pièces.

Épreuves noires et coloriées.

17. Globe aérostatique, de M. Charles, s'élevant pour la seconde fois au milieu de la prairie de Nesles. — Poisson aérostatique enlevé à Plazentra. — L'embrasement déplorable de la Machine aérostatique des Srs Miolan et Janinet, le dimanche 11 juillet 1784. — Bataille de Fleurus. — Entrée de S. M. Louis XVIII à Paris, le 3 mai 1814, etc. Neuf pièces.

Épreuves noires et coloriées.

BALLONS ET VÉLOCIPÈDES (Pièces sur les).

18. *Going to Nobby-Fair, 1835.* — *The Lady Nobby.* — *Match against Time or wood beats Blood and Bone, 1819.* — *The march of intellect.* Quatre pièces curieuses et rares.

Épreuves noires et coloriées.

BARBIER (D'après).

19. Vénus et l'Amour. — Jupiter et Léda. Deux pièces, faisant pendants, gravées par Pariset.

Très belles épreuves à la sanguine. Rares.

20. L'eau.

Très belle épreuve imprimée en couleurs.

BARTOLOZZI (F.).

21. *Cornelia Mother of the Gracchi, shewing her Children as her only ornaments.* Petit médaillon ovale, en largeur, d'après B. West.

Superbe et très fraiche épreuve imprimée en couleurs.

BAUDOUIN (D'après P.-A.).

22. Les Amants surpris, par P. P. Choffard (E. B. 3.).

Très belle épreuve.

23. Le Couché de la Mariée, gravé à l'eau-forte, par J.-M. Moreau le jeune, terminé au burin, par Simonet (16).

Belle épreuve.

24. Le léger Vêtement, par Chevillet (20).

Très belle épreuve.

25. L'Enlèvement nocturne, par N. Ponce (20).

Belle épreuve.

26. L'épouse indiscrète, par N. de Launay (21).

Très belle épreuve. Grande marge.

27. Le fruit de l'Amour secret, par Voyez le jeune (23).

Très belle épreuve.

28. Le Jardinier galant, par Helman, 1778.

Très belle épreuve. Grande Marge.

29. La Sentinelle en défaut, par N. de Launay (44).

Très belle épreuve. Grande marge.

30. Les Soins tardifs, par N. de Launay (45).

Très belle épreuve. Marge.

31. Jusque dans la moindre chose. — Marton. Deux petites pièces ovales, non décrites par M. Bocher, très librement gravées à l'eau-forte.

Très belles épreuves. Fort rares.

32. Brevet accordé à N. de Launay.

« *Autorisation donnée au Sr de Launay, de faire graver deux tableaux de feu M.-Baudouin, représentant : l'un, une jeune fille qui se défend des entreprises d'un jeune homme et l'autre une jeune fille qui conduit son amant dans sa chambre, avec droit de vente exclusif, par tout le royaume, pendant six années consécutives et défense de reproduction à tout dessinateur, graveur et imprimeur en taille douce, sous peine de confiscation, et de 3 000 livres d'amende. Délivré le 27me jour du mois de septembre 1771, signé par le Roy en son conseil : Lebègue.* »

Curieux et intéressant brevet sur parchemin.

BEAUFORT (D'après).

33. Vénus au bain. — Diane au bain. Deux pièces, faisant pendants, gravées par Bonnet.

Très belles épreuves imprimées en couleurs.

BEAUMONT (A Londres, chez W.).

34. *Beauty*. Jolie pièce ovale gravée au pointillé par un anonyme.

Très belle épreuve, imprimée en couleurs, ayant quelques légères retouches. Très rare.

BENWELL (D'après J. H.).

35. *A St. Giles's Beauty*, par Bartolozzi.

Très belle épreuve en bistre.

36. *The Children in the wood. — The repose of innocence*. Deux pièces, faisant pendants, gravées par Sharp et Nodrac, 1789.

Très belles épreuves.

BERTAUX? (D'après DUPLESSIS).

37. Les Chanteurs des boulevards. Très jolie petite pièce ronde, gravée par Guyot ou Lecampion?

Très belle épreuve imprimée en couleurs sur papier vert. Rare.

BINET (D'après L.).

38. La Nourrice élégante. — Le Plaisir de la pêche. — La Solitude agréable. — Le Chasseur. Suite de quatre pièces gravées par Ambrosi et Tertolini.

Très belles épreuves avant les adresses ; elles sont très fraîches, et ont de grandes marges. Rares de cette qualité.

39. La Promenade des trente-deux filles dans l'Allée des soupirs. — Le Cirque. Deux pièces faisant pendants.

Très belles épreuves coloriées.
Encadrées.

BOILLY (L.).

40. La Première dent. — La Dernière dent. — La Perruque du Grand-Père. — Bonnet de la Grand'Mère. Quatre pièces, lithographiées par le maître, faisant pendants par suite de deux.

Superbes et très fraîches épreuves en couleurs. Toutes marges.

41. Le Jeu de récarté. — Le Jeu de billiard. — Le Jeu de tonneau. Trois pièces lithographiées par le maître.

Très belles épreuves en couleurs.

42. Vous serez heureuse en ménage. — La Petite famille. — La Laitière. — Le Bon ménage. — La Main chaude. — Les Grimaces. Une Scène des boulevards. Sept lithographies par et d'après le maître.

Très belles épreuves, six sont coloriées.

BOILLY (D'après L.).

43. L'Amant favorisé, par A. Chaponnier.

Très belle épreuve en couleurs.

44. L'Amant favorisé. — La Comparaison des petits pieds. Deux pièces, faisant pendants, gravées par Chaponnier.

Très belles épreuves.

45. Le Bouquet chéri, par Chaponnier.

Superbe épreuve avant la lettre, en couleurs. Rare.

46. Ça ira. — Ça a été. Deux pièces, faisant pendants, gravées par Mathias et Texier.

Très belles épreuves. Marges.

47. Ça ira, par Mathias.

Superbe et rare épreuve avant toutes lettres.

48. La douce Résistance, par Tresca.

Belle épreuve. Grande marge.

49. On la tire aujourd'hui, par Tresca.

Très belle épreuve.

50. On la tire aujourd'hui. — On nous voit. Deux pièces gravées par Tresca et Petit.

Belles épreuves. Doublées.

51. Marche Incroyable, par Bonnefoy.

Ancienne et très belle épreuve. Toute marge.

51 *bis*. L'Optique. — L'Amour couronné. Deux grandes et très belles pièces, faisant pendants, gravées par Cazenave.

Superbes épreuves imprimées en couleurs, très rares de cette qualité. Piqûres d'humidité.

52. Poussez ferme, par Petit.

Superbe et rare épreuve avant la lettre.

53. Les Petites Coquettes, par Gudin.

Superbe épreuve, sans marges. Rare.

54. Le Prélude de Nina, par Chaponnier.

Très belle épreuve.

55. Prends ce biscuit. — Nous étions deux, nous voilà trois. Deux grandes pièces, faisant pendants, gravées par Vidal.

Très belles épreuves.

56. Le retour de la promenade, par L. J. Allais.

Très belle épreuve imprimée en couleurs. Très rare.

57. Réunion d'artistes : 29 portraits, sur la même feuille, des célébrités artistiques de l'époque, parmi lesquelles on remarque Boilly, Girodet, Isabey, Taunay, C. Vernet, Chenard, Talma, Baptiste aîné, Méhul, Percier, Fontaine, etc. Grande pièce gravée par Clément.

Très belle épreuve, plus le trait explicatif donnant les noms des personnages. Grande marge.

58. La Serinette, par Honoré.

Très belle épreuve.

59. La Solitude. — La Précaution. Deux pièces, faisant pendants, gravées par Tresca.

Très belles épreuves. Remargées.

60. La Surprise, par Honoré.

Belle épreuve, déchirures dans les marges.

61. Voilà ma mère, nous sommes perdus.

Très belle épreuve imprimée en couleurs.

62. Tu sauras ma pensée. — Évanouissement. — La Jarretière. Trois pièces gravées par Tresca et Petit.

Très belles épreuves, la seconde pièce est en couleurs.

BOISSIEU (J. J. DE).

63. La Digue rompue. — Vue du temple du Soleil. — La grande Forêt. Trois pièces.

Très belles épreuves.

BOITES (Dessus de).

64. La bonne Mère, gravé en réduction par De Gouy, d'après Fragonard.

Très belle épreuve imprimée en couleurs, sur soie.
Cadre ancien bois noir et cuivre.

65. Le Chiffre d'amour, gravé en réduction par De Gouy, d'après Fragonard.

Très belle épreuve en couleurs.
Cadre ancien doré.

66. La Comparaison des petits pieds, gravé en réduction par De Gouy, d'après Boilly.

Très belle épreuve imprimée en couleurs.
Cadre ancien bois noir et cuivre.

67. Le Prélude de Nina, gravé en réduction par De Gouy, d'après Boilly.

Très belle épreuve. Sans marge.

68. Galathée en pleurs. — La solitude. Deux pièces d'après Queverdo et Boilly.

Très belles épreuves imprimées en couleurs, sur soie.
Cadre en bois.

69. La Tendresse maternelle. Jolie pièce de forme octogone, gravée par Coinet, d'après Gauthier.

Très belle épreuve imprimée en couleurs.

70. Le Joueur de guitare, par De Gouy?

Très belle épreuve imprimée en couleurs, sur soie.

71. Le Sommeil interrompu. — Offrande à l'amitié. — Les Buveurs. — L'Amour se plaît au coin du feu. — Portraits de Louis XVIII et de la Famille Royale, réunis sur la même feuille, etc. Neuf pièces.

Très belles épreuves, la plupart en couleurs, deux sont sur soie et la dernière est encadrée.

72. Jeune fille s'apprêtant à bander les yeux d'un jeune homme qui dort. Petite pièce ovale anonyme.

Très belle épreuve imprimée en couleurs. Sans marge.
Cadre ancien, bois noir et cuivre.

BONNET (L. M.).

73. *The welcome news.* — *Pleasures of solitude.* Deux pièces faisant pendants, gravées d'après Le Prince.

Très belles épreuves imprimées en couleurs. Sans marges.

74. Jeune fille jouant de la guitare, médaillon ovale gravé au pointillé.

Très belle épreuve avant la lettre, en couleurs.

75. Les époux heureux. — Les apprêts du bain. — *Henry and Emma.* Trois pièces.

Très belles épreuves imprimées en couleurs, la seconde pièce a une grande marge.

BOQUET.

76. Le Miroir. Jolie pièce gravée à l'aqua-tinte et au pointillé par Allais.

Superbe épreuve avant toutes lettres. Excessivement rare.

BOREL (D'après A.).

77. Le voilà fait. — Vous avez la clef mais il a trouvé la serrure. Deux pièces gravées par Huot et Anselin.

Très belles épreuves.

78. J'y passerai, par R. De Launay.

Très belle épreuve. Grande marge.

79. L'Innocence poursuivie par l'Amour. — L'Amour puni. Deux pièces, faisant pendants, gravées par Avril.

Très belles et rares épreuves avant toutes lettres et avant les retouches.

80. Les Enjôleurs. Pièce gravée à la manière du lavis.

Très belle épreuve. Rare.

BOSIO (D. S.).

81. Le lever des ouvrières en linge.

Très belle épreuve coloriée.

BOUCHER (F.).

82. La Tourterelle mise en cage. — Le Sommeil. — Les petits buveurs de lait. — Le petit Savoyard. Suite de quatre eaux-fortes, originales du maître (De B. 2 à 5).

Très belles épreuves du 2me état : avec l'adresse d'Odieuvre qui, par la suite, a été changée deux fois. Rares.

BOUCHER (D'après F.).

83. Tête de jeune fille : dirigée vers la droite, elle regarde de face, ses cheveux relevés sont retenus par un large ruban. Buste fort comme nature, gravé en imitation de pastel par L. Bonnet.

Ce portrait qui, jusqu'ici, passait pour être celui de Mlle Coypel, est le portrait de Mme Baudouin, seconde fille de Boucher.

Magnifique épreuve, elle est de la plus grande fraîcheur et a une bonne marge. Excessivement rare de cette qualité.

84. La Confidence, gravure au pointillé publiée chez Bance.

Très belle épreuve imprimée en couleurs. Rare.

85. Le Déjeuner, par Lépicié.

Très belle épreuve.

86. Jupiter et Léda. — Jupiter et Calisto. Deux pièces, faisant pendants, gravées par Ryland et Gaillard.

Très belles épreuves.

87. Les Grâces au bain, par M. Ryland.

Très belle épreuve. Très grande marge.

88. Le Trait dangereux, par Poletnich.

Très belle épreuve.

89. La Muse Erato. — Vénus sur les eaux. — La baigneuse surprise. Trois pièces gravées par Le Vasseur et Daullé.

Très belles épreuves.

90. La Laveuse, gravé aux crayons noir et blanc par Bonnet.

Très belle épreuve imprimée sur papier bleu. Rare.

91. Vénus entrant au bain, par Michel.

Très belle épreuve. Grande marge.

92. Vénus couchée sur un Dauphin. — Jeune femme étendue sur des draperies. Deux pièces, faisant pendants, gravées par Petit.

Très belles épreuves à la sanguine.

93. Vénus aux colombes, gravé à plusieurs crayons par Bonnet.

Très belle épreuve, montée en dessin.

94. L'attention dangereuse. — Mlle de XX en habit d'été. — L'amour enchaîné par les Grâces. 1re et 2me vue de Fronville. — Abreuvoir d'oiseaux. — Seconde vue de Charenton. 7 pièces,

Très belles épreuves.

BOUCHER ET FENOUIL (D'après).

95. Les heures du jour. Suite de quatre pièces gravées par Petit, dont l'une, l'après dîné, est le portrait de Mlle Sallé.

Très belles épreuves.

BOUYS (A.).

96. Lisorez (Cecilia), musicienne, fille d'un organiste de Paris, gravé à la manière noire. In-f°.

Très belle épreuve. Grande marge.

BRETON (à Paris chez Mme).

97. La Toilette du soir (Intérieur d'une maison de filles).

Très belle épreuve. Rare.

BUHOT (F.).

98. La Taverne du Bagne.

Très belle épreuve avec les marges couvertes de sujets épisodiques. Sur chine.

99. La Fête nationale du 30 juin au Boulevard Clichy. — Une matinée d'hiver au quai de l'Hôtel-Dieu. — Griffonnement. Trois pièces.

Très belles épreuves, la première pièce a les marges couvertes de griffonnements.

CANOT (D'après P. O.).

100. Le Maître de Danse, par Le Bas.

Très belle épreuve. Grande marge.

CARESMES (D'après J. P.).

101. Les Plaisirs du Bain, par Jubier.

Très belle et rare épreuve avant toutes lettres, imprimée en couleurs.

102. Honny soit qui mal y voit. — Honny soit qui mal y pense. Deux pièces, faisant pendants, gravées par Hubert.

Belles épreuves.

103. Le Réveil du Carlin, par Carrée.

Très belle épreuve.

CARESMES ET HUET (D'après).

104. Le Satyre impatient. — Pastorale. — L'Aveugle détrompé. Trois pièces gravées par Damarteau, Wossenik et Jubier.

Très belles épreuves, les deux dernières pièces sont imprimées en couleurs.

CARICATURES ANGLAISES.

105. *Wearing the Breeches.* — *La Comparaison.* 2 pièces dessinées et gravées par Newton en 1794.

Belles épreuves coloriées.

106. *Old times returned.* — *A Family Picture.* — *The Rival Beaux.* — *Very cold, very wet.* — *See of ice.* — *Cinery doloso.* — *Billinsgate virtue.* — *Lacing in style.* — *Beef eater.* — *The Ballet turned into a Ball.* — *The Virginia Fishing smak.* — *Atrip for Wareham to unbridges by Worcester.* — *Rainy Weather or the Battle of the Umbrellers.* — *A Fundamental Error in the art of skaiting.* — *The Lady of the Lake*, etc. Dix-neuf pièces curieuses et rares par et d'après Bunbury, Rowlandson, Cruikshanke et Gilray.

Très belles épreuves coloriées.

107. *O' you're a devil get a long do.* — Épisode de la vie d'Olivier Goldsmith. — Costumes. Six pièces par Rowlandson et autres artistes.

Belles épreuves noires et coloriées.

CARICATURES FRANÇAISES. Scènes de mœurs.

108. Le Logeur ou les effets des Vertus Hospitalières de Paris. Pièce curieuse où l'artiste s'est représenté, en charge, sous la forme d'un chien dessinant la scène qu'il a sous les yeux.

Très belle épreuve coloriée. Très rare.

109. Les Étrangers au café Morel. — Le Café des Comédiens. — Madame Véry, Restaurateur. La Belle Limonadière au café des Mille Colonnes, Palais-Royal, Paris. Quatre pièces sur trois feuilles.

Belles épreuves coloriées. Rares.

110. L'Auteur sifflé. — L'Auteur applaudi. — Les Coulisses de l'Opéra. — Le Décrotteur. — Le Rôtisseur. — Le Café politique. — Diplôme de Cabaleur pour les élections, etc. Quarante pièces.

Épreuves noire et coloriées.

CATHELIN (L. J.).

111. Provence (Mlle J[ne] de Savoie Comtesse de.) — Piemont (Mlle A[de] C[de] Xaviere de France, Princesse de). Deux portraits in-4° gravés d'après Drouais et Ducreux.

Très belles épreuves. Grandes marges.

CATHELIN et **KLAUBER.**

112. Tocqué (Louis). — Vanloo (C.). Deux portraits in-f° gravés d'après Nattier et Le Sueur.

Superbes épreuves, la première pièce est avant toutes lettres, la seconde avant la dédicace.

CHALLE (D'après M. A.).

113. L'adroite Confidente, par Viennet.

Très belle épreuve. Toute marge.

114. La Coquette. — La Vestale. Deux pièces, faisant pendants, gravées par Bonnet.

Très belles épreuves imprimées en couleurs.

115. La Défaite. — La Conviction. Deux pièces, faisant pendants, gravées par Marchand.

Très belles épreuves, elles sont très fraîches et ont de grandes marges.

116. Histoire de Paul et Virginie. Suite de six pièces gravées par Descourtis.

Très belles épreuves imprimées en couleurs.

117. Le Matin. — L'Après midy. Deux pièces gravées par Bonnet.

Très belles épreuves imprimées en couleurs, la seconde pièce a une grande marge.

118. Le Modèle bien disposé, par Chaponnier.

Très belle et rare épreuve avant toutes lettres. Marge entière non ébarbée.

119. *The officious Waiting Woman*, par Chaponnier.

Très belle épreuve.

120. La Ruelle, par Malapeau.

Très belle et rare épreuve avant toutes lettres et avant que la chemise ait été rallongée.

121. Le Portrait chéri, par Bonnet.

Très belle épreuve imprimée en couleurs. Sans marge.

122. La Toilette de Psyché, par Demonchy, vignette in-4° tirée des *Amours de Psyché et Cupidon*, édition de Defer-Maisonneuve, 1791.

Superbe épreuve avant toutes lettres, imprimée en couleurs. Toute marge.

CHALLE? (D'après).

123. Le Délire amoureux?

Très belle épreuve, imprimée en bistre, d'une pièce excessivement rare. Sans marge.

CHALLE ET BOREL (D'après).

124. La saison des Amours. — Il a cueilli ma rose. — J'y passerai. Trois pièces gravées par Legrand, Regnault et N. De Launay.

Très belles épreuves.

CHALON (D'après A. E.).

125. *Queen Mab*. Gravé à la manière noire, par A. E. Chalon.

Très belle épreuve.

CHARDIN (D'après J. B. Siméon).

126. Les Amusements de la vie privée, par L. Surugue, 1747 (E. B. I.).

Superbe épreuve, elle est très fraiche et a une très grande marge. Rare de cette qualité.

127. Le Bénédicité, par Rᵉ Éᵗʰ Marlié Lépicié. (5ᵇ.)

Très belle épreuve.

128. La Gouvernante, par Lépicié, 1739. (24.)

Superbe épreuve.

129. La même estampe.

Très belle épreuve.

130. La Mère laborieuse, par Lépicié, 1740. (35.)

Très belle épreuve.

131. Le Négligé ou la Toilette du matin, par Lebas, 1741. (38.)

Très belle épreuve.

132. Le Faiseur de châteaux de cartes, petite réduction gravée par Marcenay de Ghuy (20ᵈ). — Jeune Dessinateur, gravé à la manière noire, par J. Faber, 1740 (28). Deux pièces.

Très belles épreuves, la première pièce a toute sa marge, la seconde n'en a pas.

133. Le Peintre, par L. Surugue le fils, 1743. (42.

Très belle épreuve.

CHARLET (T.).

134. Napoléon. — La Garde meurt et ne se rend pas. — Papa nanan, papa caca. — Papa dada. — Voilà pourtant comme je serai dimanche. — 1810-1820. — C'est mon père. — L'intrépide Lefèvre. — Pièces d'Albums, etc. Dix-sept pièces imprimées pour la plupart chez Vilain et Lasteyrie.

Très belles épreuves avant et avec la lettre.

CHASTEAU.

135. La Tourille (Marie Simonet, femme), connue par le procès que lui intenta Madame Molière dont elle avait usurpé le nom dans une aventure galante. Gravé d'après Santerre. In-4°.

Très belle épreuve. Fort rare.

CHEVAUX (D'après).

136. La Savonneuse, par Moley.

Très belle épreuve en couleurs, sans marge. Fort rare.

136 *bis*. Le Bon accord, par Bonnet.

Très belle épreuve imprimée en couleurs.

137. La Nonchalance, par Girard.

Très belle épreuve imprimée en bistre, la figure légèrement en couleurs.

CIPRIANI (D'après).

138. Vénus au bain, pièce ovale gravée au pointillé par Phelipeaux.

Très belle épreuve imprimée en couleurs.

139. *Nymphs Bathing. — Nymphs after Bathing*. Deux médaillons ovales en hauteur, faisant pendants, gravés par F. Bartolozzi.

Superbes épreuves, elles sont très fraiches et ont de très grandes marges.

CIVIL (A Paris chez).

140. L'heureux Chat. — La Méprise. Deux jolies pièces, de forme ovale, faisant pendants.

Très belles épreuves imprimées en bistre. Rares.

COCHIN (C. N.).

141. Allégorie sur la convalescence de Mme de Pompadour, 1764.

Très rare épreuve à l'état d'eau-forte.

142. Illuminations de la rue de la Ferronerie, le 29 aoust 1739. — Dessein de l'Illumination et du feu d'artifice donné à Mgr le Dauphin à Meudon, le 3 septembre 1735. Trois pièces.

Très belles épreuves.

143. Décoration de la Salle de Spectacle pour la Représentation de la Reine de Navarre. — Bal masqué donné par le Roy dans la Grande Galerie du Château de Versailles à l'occasion du Mariage du Dauphin. Deux grandes pièces, en hauteur, qui outre leur intérêt historique sont des plus intéressantes comme costumes.

Anciennes et très belles épreuves.

COCHIN (D'après C. N.).

144. Concours pour le prix de l'étude des Têtes et de l'expression. Mlle Clairon servant de modèle aux jeunes artistes, gravé par Flipart.

Très belle épreuve. Grande marge.

145. Illumination à Versailles, pour le Mariage du Dauphin, 1739.

Très belle épreuve avant la lettre. Toute marge.

COIFFURES (Pièces sur les).

146. Titre de « La Galerie des Modes et Costumes Français, 1779 », gravé par Le Roy d'après Le Clerc. — La Duchesse des plaisirs allant au Colisée. Deux pièces.

Très belles épreuves, la première pièce est avant la lettre.

COLIBERT (Par et d'après).

147. La Promenade. Deux petites pièces, sujets d'enfants faisant pendants, publiées à Londres en 1785.

Très belles épreuves avant la lettre, tirées en bistre.

COLLIBERT (D'après).

148. Le malin Cuisinier. — La Cuisinière Française. Deux pièces, faisant pendants, gravées par Vidal.

Très belles épreuves imprimées en couleurs. Marges.

COSTUMES (Pièces sur les).

149. Madame. — Monsieur. — Duchesse de Chartres. — Duchesse de Bouillon. — Duchesse de Charrost. — Mme de la Ferte. L'Electrice de Hanovre. — Mlle Éléonore d'Este. — La Reine de Pologne. — Mlle Loison. — Colombine. — Mlle Mastins dansant à l'Opéra. Douze pièces intéressantes comme costumes et comme portraits, publiées chez Bonnart.

Très belles épreuves, deux sont coloriées.

150. Fille de qualité. — Mademoiselle X. allant par la ville. — Dame de qualité en écharpe. — Dame de qualité en habit d'été. — Dame de qualité en habit d'hiver. — Dame de qualité en déshabillé négligé. — Dame de qualité prenant le frais sur le gazon. — Femme de qualité allant incognito par la ville. — Abbé en juste au corps et en stenkerke. Neuf pièces publiées chez Bonnart.

Très belles épreuves.

151. Gallerie des Modes et Costumes Français année 1778 : Quatre pièces d'après Le Clerc et Watteau fils. Nos 286, 298 et 300.

Très belles épreuves, trois sont coloriées.

152. Quatre pièces, époque Louis XVI, à transformations et couplets.

Épreuves coloriées du temps.

153. Costumes de femmes. Dix pièces publiées, pour la plupart, à Paris chez Basset.

Belles épreuves coloriées, sept sont découpées et remontées.

154 Vingt-trois pièces tirées des Cris de Paris de Bouchardon, du Recueil des Coiffures de Desnos et autres ouvrages.

Belles épreuves noires et coloriées.

155. Cinquante-cinq pièces tirées de la *Gallery of Fashion*, du Journal des Dames et des Modes de La Mésangere et des Costumes des Théâtres de Paris de Martinet.

Belles épreuves coloriées.

COSWAY (D'après R.).

156. *The Fair Moralist and her Pupill*, par Bartolozzi.

Superbe épreuve, lettres grises, imprimée en bistre, elle est très fraiche et a sa marge entière non ébarbée. Très rare de cette qualité.

157. *Infancy*, par C. White.

Très belle épreuve en bistre.

158. Jupiter et Léda. — Vénus et l'Amour. Deux petites pièces ovales, faisant pendants, gravées par Sitep.

Très belles épreuves imprimées en couleurs. Rares.

159. Portrait d'une fillette, petit médaillon ovale gravé par Bartolozzi.

Très belle épreuve imprimée en bistre.
Cadre ancien, bois noir et cuivre.

COUTELLIER (Par et d'après).

160. Olivier (Mlle), de la Comédie-Française, dans le rôle de Chérubin du *Mariage de Figaro*. In-4°.

Belle épreuve imprimée en couleurs.

COYPEL (Ant.).

161. Le Grand portrait de La Voisin, gravé à l'eau-forte, par le maître dont c'est la pièce capitale (R. D. 13.).

Très belle et très rare épreuve d'un état, non décrit, intermédiaire entre le premier et le second : elle est avant les initiales du maître et avec les fautes dans les inscriptions, mais elle porte l'adresse de Chasteau. Doublée.

COYPEL (D'après C.).

162. La Jeunesse sous les habits de la décrépitude par E. Lepicié (Portrait de Mme Coypel, d'après une note d'une vieille écriture sur l'épreuve conservée au Cabinet des Estampes). In-folio.

Très belle épreuve.

163. Madame de *** en habit de bal, par L. Surugue, 1746 (Madame de Mouchy, Dame d'honneur de la duchesse de Berry). In-folio.

Très belle épreuve.

DAGOTY (Gauthier).

164. Bienfaisance de la Reine :

« *Le 13 octobre 1774, un cerf poursuivi par la chasse du Roi se rua sur le nommé Pierre Grimpier, vigneron à Achères, près Fontainebleau et le blessa dangereusement. La Reine, pour lors Madame la Dauphine, fut au devant de ce malheureux, le combla de ses bienfaits et lui fit donner tous les secours nécessaires.* »

Très belle épreuve d'une grande estampe des plus curieuses et des plus intéressantes, la marge du haut est rapportée. Excessivement rare.

165. Suzanne au bain, d'après De Troy.

Très belle épreuve imprimée en couleurs. Très rare.

166. Sujet mythologique.

Très belle épreuve imprimée en couleurs. Rare.

DANLOUX (D'après).

167. Lamballe (Hse de Savoie Carignan, Princesse de), gravé par Ruotte. In-4°.

Belle épreuve imprimée en couleurs.

DAULLÉ (J.).

168. Caylus (Mise de Valois, Comtesse de), d'après H. Rigaud (84). In-folio.

Très belle épreuve.

169. Pelissier (Mlle), de l'Opéra.

Très belle épreuve avec la première adresse, celle de Drouais qui, par la suite, fut changée plusieurs fois. Rare.

DAULLÉ et RAVENET.

170. Lavergne (Mlle), lisant une lettre qu'elle tient des deux mains, d'après E. Liotard son oncle. Gr. In-folio.

Très belle épreuve de l'un des plus importants et des plus jolis portraits de femme de cette époque, il est très rare et non décrit par M. Delignières. Sans marges.

DEBUCOURT (P. L.).

171. Le Menuet de la Mariée (M. F. 8).

Belle épreuve, en couleurs, d'une ancienne reproduction.

172. Le Compliment ou la matinée du Jour de l'an (15).

Très belle épreuve imprimée en couleurs du premier tirage avec la lettre : avant de nombreuses retouches dans la planche et avec quelques remarques dans les inscriptions.

173. La Noce au château, 1789 (21).

Belle épreuve imprimée en couleurs. Remargée, les inscriptions sont manuscrites.

174. La Rose mal défendue, gravé en réduction par Bonnemain (27. a).

Très belle épreuve. Rare.

174 *bis*. Le Songe réalisé (30).

Superbe épreuve, elle est très fraîche et a une très grande marge. Très rare de cette qualité.

175. Il est pris. — Elle est prise. Deux pièces ovales faisant pendants (34 et 35).

Superbes épreuves avant toutes lettres, seulement l'inscription : *Dessiné et Gravé par P. L. Dubucourt*, tracée à la pointe au milieu des estampes, sous le large trait formant bordure, la première pièce, la seule des deux où il y ait des différences, est avant la suppression de la main de la jeune femme et du poisson qu'elle tenait, suppression qui, dans les épreuves ordinaires, ôte au titre tout le piquant de son double sens. Excessivement rares.

176. Minet aux aguets (57).

Belle épreuve. Manque de fraîcheur.

176 *bis*. Les Visites. Pièce publiée le 1er jour du XIXe siècle (65).

Très belle épreuve. Sans marge.

177. Les petits Messieurs ou les adolescents à la mode. — Les galants surannés ou les Petits papas à la mode. Deux pièces faisant pendants, publiées en 1810 (172-165).

Très belles épreuves en couleurs. Manquent de fraicheur.

178. Le Chasseur. — Le Départ du chasseur. — Le Retour du chasseur. Trois pièces, gravées d'après C. Vernet (176, 177 et 178).

Très belles épreuves avec l'adresse de Rolland qui, plus tard, fut remplacée par celle de Colle jeune.

179. Exercices de Franconi. Deux pièces, faisant pendants, d'après C. Vernet (179-180).

Très belles épreuves.

180. Feu d'artifice à l'Arc de triomphe de l'Étoile (222).

Très belle et très fraiche épreuve imprimée en couleurs. Rare.

182 *bis*. Inutile précaution, d'après C. Vernet (390).

Très belle épreuve en couleurs.

181. La Route du Marché, d'après C. Vernet (409).

Très belle épreuve imprimée en couleurs.

DEMARTEAU (G.).

182. L'Autel de l'Amitié, gravé à la manière du crayon d'après F. Boucher (75).

Très belle et très fraiche épreuve à la sanguine. Marges.

183. Le Jeune Dessinateur. — Le Chasseur au chien d'arrêt. Deux pièces gravées à plusieurs crayons d'après Boucher et Huet (188-473).

Très belles épreuves.

184. La Bergère. — Jeune femme et son enfant. Deux pièces gravées à plusieurs crayons d'après Huet et Boucher, Nos 509 et 566.

Très belles épreuves. Sans marges.

185. La famille. — Bergère et son chien. — Erigone. — Amours. — Études de femmes nues. — Pastorales. — Minerve. — Andromaque. Douze pièces gravées à plusieurs crayons et à la sanguine d'après Huet et Boucher.

Très belles épreuves.

186. Ariadne, d'après Huet.

Très belle épreuve imprimée en couleurs.

187. Erigone, gravé à deux crayons d'après Le Barbier.

Très belle épreuve. Sans marges.

188. Bachanale, d'après Le Barbier (625).

Très belle épreuve imprimée en couleurs.

DEROSIER.

189. Le Déjeuner du Modèle.

Belle épreuve en couleurs. Remargée.

DESCOURTIS.

190. Première chute du Staubach. — Vue de la chute du torrent Getten. — Vue de la Caverne de Saint Béat. — Vue de la Caverne du Dragon. Quatre pièces d'après Wolf.

Très belles épreuves imprimées en couleurs.

191. Abelard offre l'hymen à Heloïse. Petit médaillon rond.

Très belle épreuve imprimée en couleurs, avec le titre sans aucunes autres lettres. Grande marge.

DESRAIS (D'après C. L.).

192. La Partie d'œufs frais. — La réalité du plaisir. Deux pièces, faisant pendants, gravées par Le Beau.

Très belles épreuves.

DETROY (D'après F.).

193. Les Apprêts du bal, par Beauvarlet.

Belle épreuve.

194. Jeune femme prenant son café (Portrait de Mme?) par Chereau.

Très belle épreuve. Marge.

DOSSIER (M.).

195. Ravoye (Anne Varice de Vallière, Mme De la), d'après H. Rigaud. In-f°.

Très belle épreuve. Très grande marge.

DOUBLET (D'après).

196. Ariette de Rosette et Colas, par N. Boillet.

Très belle épreuve à la sanguine.

DROUAIS (D'après F. H.).

197. Barré (*sic*) (Mme Du) en costume de chasse. Gravé à la manière noire par Watson. In-f°.

Très belle épreuve. Manque de conservation.

DUBOIS DE SAINTE-MARIE (D'après).

198. Le premier Pas de la fortune.

Très belle épreuve en couleurs. Remargée.

DUFLOS ET QUEVERDO (D'après).

199. Le Délire. — Récréation du philosophe. Deux très jolies pièces gravées par Deny et Martin.

Très belles épreuves. Rares.

DUGOURE (D'après).

200. Le Lever de la mariée, par Triere.

Superbe et très rare épreuve avant toutes lettres. Marge.

201. La même Estampe.

Très belle épreuve. Remargée.

202. La Poule au pot, par F. David. Cette pièce fait pendant à l'« Exemple d'humanité » de Moreau.

Très belle épreuve.

ECKSTEIN (D'après).

203. *The recruit*, gravé à la manière noire, par C. Turner, 1803.

Très belle épreuve imprimée en couleurs.

EAUX-FORTES MODERNES.

203 *bis*. Vue de Bordeaux. — Vieux quartier d'Amsterdam. — Paysages. — Pommiers à Anvers. — Le Fumeur. — Troupeau de porcs. — Le Porche. — Arrivée du Tzar à Paris, etc. Douze pièces, par M. Lalanne, Daubigny, Ch. Jacques et autres artistes.

Très belles épreuves, la plupart en épreuves de remarque sur Chine volant.

ÉCOLE ALLEMANDE.

204. La galante Jardinière. — La Voluptueuse. — La Dormeuse. — Quoi, vous devenez mélancolique. — Jour d'allégresse. — Dame à l'éventail. Six pièces, gravées à la manière noire, publiées chez Haid et chez Heissig.

Très belles épreuves.

ÉCOLE ANGLAISE.

205. *Interest.* — Les Amants. Deux pièces.

Belles épreuves coloriées.
Encadrées.

206. Le Colin-Maillard.

Très belle épreuve imprimée en couleurs, avec quelques légers rehauts.
Encadrée.

207. Dame de qualité vue à mi-corps dans un parc. Jolie pièce in-4° gravée à la manière noire.

Très belle épreuve. Remargée.

208. *The Generous revielle.* — *Moor circulating the cherfull Glass.* — *Amanda.* — *Moor engagement to margery.* — *Love return'd.* — *The submissive Admirer In Praise of Burgundy.* Dix morceaux de musique avec en-têtes illustrés.

Très belles épreuves.

209. *Villager.* — *Cottager.* — *The Silver age* (*Portrait de Mrs Hamilton*) *The ballad seller Southwark fair.* — *The Enraged Musician Falstaff* dans le panier à linge. — L'entrée à l'école. — La Sortie de l'École. Neuf pièces.

Très belles épreuves en noir et à la sanguine.

210. *Sisterly affection.* — *Shrimps.* — *Idle Joan.* — *Santering Jack.* — *The desire.* — *Jenny and Aulde Robin Gray.* — Angélique et Médor. — Une Femme mariée. — La Vendange, etc. Quatorze pièces.

Belles épreuves en noir et en couleurs.

211. *A Lady contemplating on her lover's.* — *The merry story.* — *Olim truncus eram ficulnus lesson.* — Jeune fille couchée caressant un chien, etc. Six pièces d'après A. Kauffmann, Smith et Stothard.

Belles épreuves imprimées en noir et en couleurs.

212. Titre de six sonates pour clavecin. — Le Maître d'école. — Étude de tête de jeune fille. — Les Enfants à la campagne. Six pièces par et d'après Morland, Bartolozzi, Cheesman, Mercier et autres.

Très belles épreuves en noir et en couleurs.

213. *The Graces. — Etude de jeunes fillettes. — The Hble sir R. Peel. — La veillée Hollandaise.* Quatre pièces, par et d'après Lawrence, Rembrandt et autres artistes.

Très belles épreuves, deux sont avant la lettre.

ÉCOLE FRANÇAISE.

214. Le Bijou de la Reine : Réunion de sonnets, quatrains, contes. Chansons. Quatorze pièces, dans des encadrements ornementés, gravées sur la même planche et destinées à être publiées probablement sous la forme d'un agenda de poche.

Très belles épreuves. Très rares.

215. La grande Toilette. — Le Chien chéri. — L'Aveu. — Costume. Quatre pièces d'après Moreau, Schenau et autres artistes.

Rares épreuves à l'état d'eau-forte.

216. Hébé.

Très belle épreuve imprimée en couleurs. Sans marge.

217. Scènes galantes. Deux pièces, de forme ovale, faisant pendants.

Très belles épreuves imprimées en bistre. Sans marge.

218. La Religieuse à la toilette. — La Main chaude. Deux petites pièces grivoises de forme ronde.

Très belles épreuves imprimées en bistre et en couleurs.

219. Léda et Jupiter. — Vénus et l'Amour. Quatre petits médaillons ovales.

Très belles épreuves, deux sont imprimées en couleurs et deux à la sanguine.

220. Amours des Dieux. — La belle Jambe. — L'Insomnie amoureuse. — Le Bain de village. — Vertumne et Pomone. Six pièces d'après Parelle, Lagrenée et Lemoine.

Très belles épreuves imprimées en bistre et à la sanguine.

221. Appelles peignant la maitresse d'Alexandre. — Le jeune Faune amoureux. — Les Douceurs de l'été. — Le Bain de Diane. Six pièces d'après Boucher, Coypel, Quéverdo et autres artistes.

Très belles épreuves avant et avec la lettre.

222. L'Essai du corset. — Le Goût. — La Toilette de la mariée. — Pièce sur les coiffures. Quatre pièces d'après Le Brun, Quéverdo et Wille fils.

Très belles épreuves.

223. L'Amour menaçant. — L'Amour maternel. — Le Jeune amateur. — Éducation donnée par une Prude. — La Paresseuse. — Tableau magique, etc. Neuf pièces d'après Coypel, Greuze, Vanloo et autres artistes.

Très belles épreuves.

224. Apollon couronnant la Vérité. — La Joye tranquille. — Portrait de jeune femme. — Deux Bacchanales, en forme de frise, sur une même feuille. Cinq pièces, par et d'après Landon, Janinet, Demarteau et Saint-Aubin.

Très belles épreuves imprimées en noir, en bistre et en couleurs.

225. Jusques dans la moindre chose. — Le Retour de vendange. — Le Maréchal des logis. — Les Garants de la félicité publique. — Jean qui pleure. — Jean qui rit. — La Chasse. — Les Dangers de la bascule. — La Tricherie reconnue, etc. Vingt-deux pièces, par et d'après Baudouin, Borel, Debucourt, Le Prince et autres.

Très belles épreuves.

226. Le Coucher. — L'Indiscret. — La petite Ferme. — Le petit Marché. — Vue de la ville de Berne. — Contes de La Fontaine, etc. Quatorze pièces, par et d'après Fragonard, Cochin, Touzé, etc.

Belles épreuves en noir, à la sanguine et en couleurs.

227. Jupiter et Léda. — Angélique et Médor. — L'Attente du moment. — La Tourterelle chérie. — L'Amour maternel. — Le médecin clairvoyant. — Carême prenant. Sept pièces d'après Saint-Aubin, Schenau, Peters et autres artistes.

Très belles épreuves avant et avec la lettre.

228. Chit-chit. — Par ici. — Départ pour le Sabat. — Les Plaisirs interrompus. — L'Amour frivole. — Je t'en ratisse. — Le Verre d'eau, etc. Huit pièces d'après Baudouin, Fragonard, Mallet et autres artistes.

Belles épreuves, la plupart en anciennes réimpressions.

229. La faiseuse de galettes. — Le bain. — Le nourrisson. — L'abus de la crédulité. — La Cosa Rara. — La Joyeuse bacchante. — Tant va la cruche à l'eau. — La main chaude. — Études d'animaux. Douze pièces par et d'après Aubry, Barthélemy, Huet Van Gorp et autres artistes.

Très belles épreuves en noir et en bistre.

230. Frontispice de la carte de la ville de Reims. — Les Amours enchaînés par les Grâces. — Les Grâces fouettées par l'Amour. — Le Paralytique servi par ses enfants. — Vue de l'Hôtel de

Ville, etc. Douze pièces par et d'après Cochin, Greuze, Lagrenée et autres artistes.

Épreuves à l'état d'eau-forte.

231. Jeune fille caressant son chien. — Le souvenir du plaisir. — L'étonnement de l'Innocence. Trois pièces d'après Caresmes et autres artistes.

Très belles épreuves en couleurs et coloriées.

232. La Place des Halles. — Angélique et Médor. — Le Jeu de l'Escarpolette. — Le déjeuner de Ferney. — Le bouquet. — L'âne obstiné. — Les baigneuses, etc. Treize pièces d'après Jeaurat, Le Clerc, Eisen, Fragonard et autres artistes.

Très belles épreuves.

233. Jeux d'enfants. — Jeune femme à sa toilette. — La toilette. — La Rosière. — La belle danseuse. — La vielleuse. — L'homme entre deux âges et ses maîtresses, etc. Quatre pièces d'après Coypel, Jeaurat, Le Clerc et autres.

Très belles épreuves.

234. Lecture Espagnole. — Conversation Espagnole. — Le Bouquet. — Tableau de Zemire et Azor. — La soirée. — Pierrot et sa progéniture. — Apothéose d'un moineau tombé sous la patte d'un chat. Sept pièces d'après C. Vanloo, Lancret, Touzé et autres artistes.

Belles épreuves, trois sont à l'état d'eau-forte.

235. Le Passage du Ruisseau. — Je m'occupais de vous. — Le bœuf à la mode. — L'enlèvement. — La curieuse indiscrète. — La galante laitière. Six pièces d'après Garnier, Mlle Gérard et autres artistes.

Belles épreuves.

236. Laodamia. — Le Repos de l'Amour. — Le fils chéri. — Les regrets inutiles. — Les voyageurs. — Coiffures. — Costumes de Théâtre. Douze pièces par et d'après Janinet, Monnet, Bounieu et autres artistes.

Très belles épreuvées imprimées la plupart en couleurs.

237. Halte d'officiers. — L'Amour clairvoyant. — L'Eau. — Le Négligé. — Bacchanale. — Vue de Fontainebleau, etc. Quinze pièces.

Belles épreuves.

238. Loth et ses filles. — Sapho inspirée par l'Amour. — L'Innocence. — Pygmalion. Quatre pièces d'après Devoge, Mérimée et Girodet.

Très belles épreuves, trois sont avant la lettre.

239. Le Duc de La Vallière. — J.-B. Pierre. — La Chaufferette. — Le Retour du laboureur. — Jésus à la Piscine. — Le Tatonneur. — Le Roi boit. Vingt pièces par et d'après Watelet, Benazech, P. Pontius, Visscher et autres artistes.

Belles épreuves.

EISEN (D'après C.).

240. Le Tric-Trac. — La Comète. Deux pièces, faisant pendants. gravées pas Le Bas.

Très belles épreuves avec la première adresse, celle du graveur,

241. Les heures du Jour. Suite de quatre pièces, gravées par De Longueil, dont nous ne possédons que trois (manque l'Après Midy).

Très belles épreuves.

242. Les Saisons. Suite de quatre pièces gravées par De Longueil.

Très belles épreuves.

243. Les Amusements champêtres. — Les Plaisirs champêtres. — Le Concert champêtre. — Le Bal champêtre. Suite de quatre pièces gravées par De Longueil.

Très belles épreuves.

244. La jolie Fermière. — La belle Nourrice. Deux pièces, faisant pendants, gravées par De Longueil.

Très belles épreuves.

245. Le Concert méchanique. — Les Désirs satisfaits. — L'Automne. — Vignettes et en-tête pour le théâtre de Favart. Sept pièces.

Très belles épreuves.

FOLO (J.).

246. Le Brun (Mme Vigée), d'après A. Tofanelli. In-4.

Très belle épreuve.

FOURNIER (D'après F. S.).

247. La Lettre désirée, par Chaponnier.

Très belle épreuve. Marge.

FRAGONARD (H.).

248. Bacchanales. Deux pièces gravées à l'eau-forte par le maître (D. B. 8 et 9).

Très belles épreuves.

FRAGONARD (D'après H.).

249. L'Armoire. Charmante petite réduction gravée à la manière du lavis.

Très belle épreuve imprimée en bistre.

250. La Bascule, par Beauvarlet.

Très belle épreuve

251. Le Baiser. Jolie petite réduction ronde, avec quelques variantes.

Très belle épreuve en couleurs, sans marges. Très rare.

252. La Fuite à dessein, par Macret et Couché, 1783.

Très belle épreuve avant toutes lettres de l'une des plus jolies pièces du maître. Excessivement rare.

253. La petite Thérèse, gravé par Couché, d'après Caresmes.

Très belle et rare épreuve, avant la dédicace, d'une pièce qui fait pendant à la précédente.

254. La Gimblette. Très jolie petite réduction de forme ronde, gravée au pointillé.

Très belle épreuve à la sanguine. Fort rare.

254 *bis*. Les Hasards heureux de l'escarpolette, par N. de Launay.

Très belle épreuve de la planche carrée. Remargée sur deux côtés, et manquant de conservation.

255. L'heureuse Famille, gravé à la manière noire par J. G. Huck.

Très belle épreuve Rare.

FRAGONARD ET BOREL (D'après).

256. Les Pétards. — La Réflexion. — La Résistance inutile. — Il a cueilli ma rose. Quatre pièces, les deux dernières faisant pendants, gravées par Auvray et Regnault.

Très belles épreuves, en noir et en bistre.

FRAGONARD FILS (D'après).

257. Les derniers Moments du Duc de Berry, par Girardet.

Très belle épreuve avant la lettre.

FREUDEBERG (D'après S.).

258. Le petit Jour, par N. De Launay.

Superbe épreuve avec la tablette en blanc, les armes, le titre et les noms des artistes, sans aucunes autres lettres. Très rare.

259. La Leçon de clavecin. — La Leçon de guitare. Deux très jolies pièces, faisant pendants, très finement coloriées sur trait.

Grandes marges.

260. L'Occupation, par Lingée.

Très belle épreuve avant le numéro.

261. L'Heureuse union, par Bosse.

Très belle épreuve tirée avant que la planche ait été réduite, par l'enlèvement de la bordure, pour être ajoutée au Monument du Costume physique et moral, édition de Neuwied sur le Rhin.

262. Lion dormant, par P. H. Triere.

Très belle épreuve. Grande marge.

GAILLARD (R.).

263. Louise Ulrique de Prusse, épouse d'Adolphe Frédéric, roi de Suède, d'après Latinville. In-fol.

Très belle épreuve.

GARNIER (D'après M.).

264. Passage du ruisseau, par Petit.

Ancienne et très belle épreuve.

GAVARNI (Honoré Sulpice Chevallier dit).

265. Scènes de la vie intime. Nos 1 à 6 de la suite. Six pièces (M. et B. 2002 à 2007).

Très belles épreuves sur Chine. Excessivement rares.

GÉRARD (D'après Mlle).

266. Le Présent, par Vidal.

Très belle épreuve. Toute marge.

267. La Jouissance maternelle. — Le baiser de l'Innocence. Deux grandes pièces gravées par H. Gérard.

Très belles épreuves.

268. Le Premier pas de l'enfance. — L'Enfant chéri. Deux pièces, faisant pendants, gravées par G. Vidal.

Très belles épreuves.

GILLOT (Cl.).

269. Neptumne. — Diane. Deux pièces de la suite des Panneaux de tapisserie.

Très belles épreuves, la première pièce est à l'état d'eau-forte.

GOENEUTTE (Norbert).

270. Souvenir de Londres. — Le Lavoir de Plaissy. — La Lettre. — Femme au coin du feu. Quatre pointes sèches.

Superbes épreuves du premier tirage, signées de l'artiste, la dernière pièce est sur Japon.

GREUZE (D'après J.-B.).

271. La Bonne mère, par L. Cars.

Très belle épreuve. Grande marge.

272. La Fille confuse, gravé à l'eau forte par Ingouf l'aîné, terminé au burin par son frère.

Très belle épreuve.

273. La Bonne éducation. — La Paix du ménage. Deux pièces, faisant pendants, gravées à l'eau forte par Moreau, terminées au burin par Ingouf.

Très belles épreuves. Toutes marges.

274. Les Premières leçons de l'Amour, par Voyez.

Belle épreuve avant la lettre.

275. La Mère en courroux. — Le Repentir. Deux pièces, faisant pendants, gravées par Moitte.

Très belles épreuves. Marges.

276. La Paresseuse, par P. E. Moitte.

Superbe et rare épreuve avant la lettre, elle est très fraiche et a une bonne marge.

277. Le Retour de la nourrice. — Le Tendre désir. — La Vertu chancelante. Trois pièces gravées par Watelet, Massard et Carmona.

Belles épreuves.

GUERARD.

278. Faure, dans Hamlet. — Portrait de Manet. — Tête de femme aux cheveux dénoués. — Tête de femme à la mantille. — Souterrains de l'Hôtel-Dieu. — Tête de vieillard Espagnol vu de profil. Six pointes sèches.

Superbes épreuves du premier tirage, signées de l'artiste, la dernière pièce est imprimée en couleurs.

GUYOT.

279. Voltaire (M. F. Arouet de), médaillon entouré d'attributs allégoriques, au fond la vue de la Prise de la Bastille, et en tête cette légende : *Dédié aux hommes libres*. In-8.

Superbe et très fraiche épreuve imprimée en bistre, grande marge. Fort rare.

HAMILTON (D'après W.).

280. *Hamlet and his mother*. — *Roméo and Juliet*. Deux pièces, faisant pendants, gravées par Bartolozzi.

Suberbes épreuves imprimées en couleurs, elles sont très fraîches et ont leurs marges entières non ébarbées.

HARDING (D'après W.).

281. *La Fleur, Amiens*. — *The Sword, Rennes*. Deux pièces, faisant pendants, gravées par Bartolozzi, 1787.

Superbes épreuves imprimées en couleurs, elles sont très fraiches et ont leurs marges entières non ébarbées.

HAYTER (D'après G.).

282. Kent (*The Royal Highness the Duchess of*), en pied. Gravé à la manière noire, par J. Bromwley. Grand in-fol.

Très belle épreuve.

HEILLMAN (D'après J.-G.).

283. Le Bon exemple, par Chevillet.

Superbe et rare épreuve avant la lettre. Grande marge.

HISTORIQUES (Pièces).

284. La Famille de Léopold II, empereur d'Autriche.

Très belle épreuve coloriée d'une pièce intéressante et comme portraits et comme costumes. Rare.

285. La Flotte russe commandée par le comte Alexis Orloff, attaquant la flotte turque dans la nuit du 7 juillet 1770. — Combat entre le « Québec » et la « Surveillante ». Deux grandes pièces en largeur gravées par Canot et Caldwall, d'après Paton et Carter.

Très belles épreuves, la dernière pièce est avant la lettr .

286. Fête pour la paix générale donnée à Paris, le 18 brumaire an X : Illuminations des quais et du pont des Thuilleries. — Illuminations du pont de la Concorde et du Palais Bourbon.

Deux très grandes pièces intéressantes et rares, très bien coloriées sur trait.

HOIN (D'après C.).

287. Le Prélude amoureux. — L'Écueil de la sagesse. Deux pièces, faisant pendants, gravées par De Monchy.

Très belles épreuves, la seconde pièce est avant la lettre.

HOPNER (D'après J.).

288. Hampden (Cath. Viscountess). Gravé à la manière noire, par J. Joung. In-fol.

Très belle épreuve. Rare.

289. Sophia (Her R. Highness Princess), par C. Watson. In-8.

Très belle épreuve.

290. L'Allégro, par J. Baldrey.

Très belle épreuve lettres grises. Grande marge.

HOURDAIN.

291. Louis XVII. — Madame (Marie-Thérèse-Charlotte de France). Deux très jolis portraits in-8, faisant pendants, gravés d'après Kuchansky et Varterer.

Très belles et très fraiches épreuves imprimées en bistre. Toutes marges.

HUBERT.

292. Honny soit qui mal y pense. — Honny soit qui mal y voit. Deux pièces faisant pendants.

Très belles épreuves, la première pièce a une très grande marge.

HUBERT (D'après Robert).

293 L'Hermite du Colisée. — Le Jardinier du couvent. Deux pièces, faisant pendants, gravées par Descourtis et Morret.

Très belles épreuves imprimées en couleurs. Sans marges. Encadrées.

HUET (D'après J.-B.).

294. Le Beau Miroir. — La Toilette en désordre. Deux pièces, faisant pendants, gravées par Bonnet.

Très belles épreuves imprimées en couleurs, grandes marges. Rares.

295. La Belle Cachette. — Les Appas multipliés. Deux pièces, faisant pendants, gravées par L. Bonnet.

Très belles épreuves, avant la retouche, imprimées en couleurs. Sans marges et montées en dessins.

296. La Bouillie aux chats, par Bonnet.

Très belle épreuve imprimée en couleurs.

297. La Brouette, par Bonnet.

Très belle épreuve imprimée en couleurs. Sans marge.

298. Ce qui est bon à prendre est bon à garder, par A. Chaponnier.

Très belle épreuve avant la lettre, imprimée en bistre. Toute marge.

299. La Conversation, par Bonnet.

Belle épreuve en couleurs.
Encadrée.

300. Le Déjeuné, par Bonnet.

Très belle épreuve imprimée en couleurs.

301. L'Éventail cassé. — L'Amant écouté. Deux pièces, faisant pendants, gravées par Bonnet.

Très belles épreuves imprimées en couleurs, les marges inférieures sont coupées au milieu des titres.

302. Les mêmes estampes.

Belles épreuves imprimées en couleurs, la première pièce est remargée.

303. L'heureux Divorce? par Bonnet.

Très belle épreuve imprimée en couleurs, sans marges. Rare.

304. La Jarretière, par Bonnet.

Très belle épreuve imprimée en couleurs.

305. Le Messager discret, par Briceau.

Très belle épreuve imprimée en couleurs. Sans marges.

306. Le petit Château de cartes. — Le petit Cavalier. Deux pièces, sujets d'enfants, gravées par Bonnet.

Belles épreuves imprimées en couleurs.

307. La Raccommodeuse de dentelles, par Bonnet.

Très belle épreuve imprimée en couleurs. Sans marge.

308. Les Soins maternels, par L. Bonnet.

Belle épreuve imprimée en couleurs. Sans marge.

309. Sujets galants, deux petits médaillons ovales.

Très belles épreuves imprimées en couleurs. Sans marges. Encadrées.

310. Sujets grivois. Cinq petites pièces de forme ovale.

Très belles épreuves imprimées en couleurs.

311. Tête de jeune fille. — Étude pour les Demoiselles. — Le Lapin chéri. Trois pièces gravées par Bonnet et Guber.

Très belles épreuves imprimées en couleurs et à la sanguine.

312. L'Amour enchaîné par les Graces. — Les Graces enchaînées par l'Amour. Deux pièces, faisant pendants, gravées par Bonnet.

Très belles et très fraîches épreuves imprimées en couleurs.

313. L'Amour prie Vénus, par Bonnet.

Belle épreuve imprimée en couleurs.

314. La Douceur et l'Amitié enchaînent l'Amour. — L'Amour dévoile les yeux de l'Innocence et lui montre l'amitié de deux tourterelles. Deux pièces, faisant pendants, gravées par Wolff.

Très belles épreuves. Marges.

315. Pygmalion amoureux de sa statue. — Jupiter descendant avec toute sa majesté dans le Palais de Sémélé. Deux pièces gravées par Jubier et Bonnet.

Très belles épreuves imprimées en couleurs.

316. Vénus sur les eaux, par Bonnet.

Superbe épreuve avant la retouche, imprimée en couleurs.

HUET ET BACHELIER (D'après).

317. Les Chiens de Mme de Pompadour. Trois pièces gravées par Fessard et Basan.

Très belles épreuves.

IMBERT (D'après F.).

318. La Curieuse, par C. F. Letellier.

Très belle épreuve avant toutes lettres et avant la retouche.

JANINET (F.).

319. L'agréable Négligé, d'après Baudouin (Le léger Vêtement, E. B. 28).

Superbe épreuve avant toutes lettres, imprimée en couleurs. Excessivement rare.

320. L'Oiseau privé, d'après Lagrenée.

Très belle épreuve en noir. Rare.

321. Sujets galants, quatre petites pièces rondes pour boutons.

Très belles épreuves imprimées en couleurs.

322. L'Amour désarmé, d'après Charlier.

Belle épreuve imprimée en couleurs. Manque de conservation.

323. Bacchus préside à la fête, d'après Caresmes.

Très belle épreuve imprimée en couleurs. Sans marge.

324. Le Sommeil de Diane. — Vénus à la Colombe. Deux pièces, faisant pendants, gravées d'après Le Barbier.

Très belles épreuves imprimées en couleurs.

325. Les trois Grâces, d'après Pellegrini.

Superbe épreuve avant la lettre, avant la guirlande et avant toutes retouches, imprimée en couleurs; elle est très fraiche et a sa marge entière non ébarbée.

326. La même estampe.

Superbe épreuve, imprimée en couleurs, également avant la lettre et avant la guirlande de fleurs.

327. Le Satyre amoureux, d'après Caresmes.

Très belle épreuve imprimée en couleurs.

327 *bis*. Vénus sur les eaux, d'après Charlier.

Très belle épreuve imprimée en couleurs, montée en dessin.

328. Le Sommeil d'Ariane, d'après Charlier.

Superbe épreuve imprimée en couleurs.

329. Vénus en réflexion, d'après Charlier.

Superbe épreuve imprimée en couleurs.

330. Scène de l'Histoire romaine. — Le Président de Harley. Deux pièces.

Très belles épreuves imprimées en couleurs, la première pièce est avant toutes lettres.

JANINET ET CAMPION FRÈRES.

331. Vue de la Maison de Mlle Guimard. — Vue du Pavillon de Lucienne. — Vue du Théâtre-Français. — Vue du Théâtre des Élèves de l'Opéra. — Vue du Théâtre Italien. — L'Opéra proche la Porte St-Martin. — Palais Bourbon du côté de la rivière. — Vue de la Place Royale. Huit pièces.

Très belles épreuves imprimées en couleurs, deux sont avant les adresses.

JAZET ET COQUERET.

332. Retour de chasse. — Les Ennuyés chez eux. Deux pièces.

Très belles épreuves imprimées, en couleurs, la seconde pièce est avant toutes lettres.

JEAURAT (D'après E.).

333. L'Accouchée. — La Relevée. Deux pièces, faisant pendants, gravées par Lepicié.

Très belles épreuves.

334. Le Carnaval des rues de Paris. — Le Transport des filles de joye à l'hôpital. Deux pièces, faisant pendants, gravées par Le Vasseur.

Très belles épreuves.

334 *bis*. La Place des Halles. — La Place Maubert. Deux pièces, faisant pendants, gravées par Aliamet.

Très belles épreuves, la première pièce donne la vue du Pilori.

JEUX (Pièces sur les).

335. Les différents jeux, douze scènes sur une même feuille.

Très belle épreuve avant toutes lettres d'une jolie pièce fort rare.

JOLLAIN (D'après N.-R.).

336. La Toilette. — Le Bain. Deux pièces, faisant pendants, gravées par Bonnet.

Belles épreuves imprimées en couleurs. Remargées.

JOSI (Par et d'après).

337. Hoche (Lazare). In-fol., publié à Londres en 1798.

Très belle épreuve avec marge. Rare.

KAUFFMAN (D'après A.).

338. *Her Grace the Dutchess of Devonshire and Viscountess Duncannon*. Charmante pièce in-fol., gravée par Dikinson.

Très belle épreuve imprimée en couleurs. Excessivement rare.

339. *Her Grace Dutchess of Richmond. — A Lady in a Turkish Dress.* Deux pièces gravées par W. Ryland.

Très belles épreuves imprimées en rouge.

340. *The Shepherdess of the Alps*, par Bartolozzi.

Très belle épreuve sans marge, manque un peu de conservation.

341. *Shakespeare's Tomb*, par Bartolozzi.

Superbe épreuve imprimée en bistre, le titre est en partie coupé.

KOENICK.

342. Erigone, d'après T. V.

Superbe et très rare épreuve en couleurs. Grande marge.

LAFITTE (D'après).

343. Apollon et les Muses. Suite de dix jolies petites pièces rondes dans des arabesques formant encadrements. Gravées par Chaponnier.

Superbes épreuves imprimées, les figures en couleurs, les arabesques en bistre, elles sont de la plus grande fraicheur et ont de grandes marges.

344. **LA FONTAINE** (Pièces in-fol., pour les *Contes* DE)

Cette collection fort rare à trouver aussi complète, sera offerte dans son entier, elle comprend cinquante-huit pièces. Si la mise à prix n'est pas couverte, elle sera vendue dans l'ordre suivant :

BOUCHER (D'après F.).

1. Le Calendrier des vieillards, par De Larmessin.

Très belle épreuve avant l'adresse de Buldet. Très grande marge.

2. La Courtisane amoureuse. — Le Fleuve Scamandre. — Le Magnifique. Trois pièces gravées par De Larmessin.

Très belles épreuves, la dernière pièce est avant l'adresse de Buldet.

EISEN (D'après C.).

3. Le Cas de conscience, par Tardieu.

Très belle épreuve avant l'adresse de Buldet. Grande marge.

4. La Gageure des trois commères. — Le Gascon. Deux pièces, par Tardieu.

Très belles épreuves avant l'adresse de Buldet.

LANCRET (D'après N.).

5. Le Faucon, par De Larmessin.

Très belle épreuve avant l'adresse de Buldet. Marge.

6. Le Gascon puni, par De Larmessin.

Très belle épreuve avant l'adresse de Buldet. Toute marge.

7. On ne s'avise jamais de tout, par De Larmessin.
   Très belle épreuve avant l'adresse de Buldet. Très grande marge.

8. Le petit Chien qui secoue de l'argent et des pierreries, par De Larmessin.
   Belle épreuve avec l'adresse de Buldet. Marge.

9. Les Rémois, par De Larmessin.
   Très belle épreuve avant l'adresse de Buldet. Grande marge.

10. La Servante justifiée, par De Larmessin.
   Très belle épreuve avant l'adresse de Buldet. Très grande marge.

11. Les Troqueurs, par De Larmessin.
   Très belle épreuve avant l'adresse de Buldet. Marge,

12. A Femme avare, galant Escroc. — Les deux Amis. — Nicaise. — Les Oyes de Frère Philippe. — Pâté d'anguille. — Le Petit Chien qui secoue de l'argent et des pierreries. Six pièces gravées par De Larmessin.
   Très belles épreuves avant l'adresse de Buldet.

LE CLERC (D'après).

13. Le Faiseur d'oreilles et le Raccommodeur de moules. — Le Rossignol. Deux pièces par De Larmessin.
   Très belles épreuves.

LE MESLE (D'après).

14. La Clochette. — Le Cuvier. Deux pièces, par Fillœul.
   Très belles épreuves.

LORRAIN (D'après).

15. L'Anneau de Hans Carvel. — La Chose impossible. Deux pièces par Aveline et Sornique.
   Très belles épreuves la première pièce est avec l'adresse de Charpentier et la seconde a une grande marge.

PATER (D'après J. B.).

16. Le Baiser donné. — Le Baiser rendu. Deux pièces, par Fillœul.
   Très belles épreuves, la première pièce a une très grande marge.

17. Le Cocu battu et content, par Fillœul.
   Très belle épreuve.

18. La Courtisane amoureuse, par Fillœul.
   Très belle épreuve. Grande marge.

19. Les Aveux indiscrets. — Le Baiser donné (copie). — Le Glouton. — La Matrone d'Ephèse. — Le Savetier. Cinq pièces gravées par Fillœul.
   Très belles épreuves.

VLEUGHELS (D'après).

20. Le Bast. — Frère Luce. — La Jument du compère Pierre. — Le Villageois qui cherche son veau. Quatre pièces, par De Larmessin.

Très belles épreuves avant et avec l'adresse de Buldet.

RAMBERG (D'après H.).

21. Joconde. — La Jument du compère Pierre. — Le Poirier enchanté. — Le Villageois qui cherche son veau. Quatre pièces.

Très belles épreuves coloriées. Toutes marges.

22. Joconde. — Le Poirier enchanté. — La Jument du compère Pierre. — Le Villageois qui cherche son veau. — Le Rossignol. — Les Lunettes. Six pièces dont deux très grandes.

Très belles épreuves. Toutes marges.

SCHALL (D'après).

23. Le Bat. — Le Cuvier. — Le Gascon puni. — Les Oyes de frère Philippe. — Le Poirier enchanté. — La Servante justifiée. Six pièces gravées par Lindor de Toulouse.

Très belles épreuves. Rares.

EISEN (D'après C.).

24. Le Diable de Papefigue, pièce anonyme gravée à Londres sous le titre de : *The Path of Paradise.*

Très belle épreuve. Très rare.

COYPEL ET **SUBLEIRAS** (D'après).

25. La Matrone d'Ephèse. — Frère Luce. Deux pièces gravées par Desplaces et Elluin.

Très belles épreuves.

LAMBERT ET LEROY (D'après).

345. La Toilette. — La Marchande de cerises. Deux pièces gravées par Benoist.

Superbes épreuves imprimées en couleurs, elles sont très fraîches et ont leurs marges entières non ébarbées.

LANCRET (D'après N.).

346. Dans cette aimable solitude. — La Joye du théâtre. Deux pièces gravées par C. N. Cochin et Crépy le fils (E. B. 24 et 46).

Très belles épreuves.

347. Le Jeu de pied de bœuf, par De Larmessin (43).

Très belle épreuve.

348. Le Maître galant, par J. P. Le Bas (48).

Très belle épreuve avant que l'adresse de Petit ait été ajoutée à celle de Le Bas.

349. La Partie de plaisirs (Le Régent à table avec ses amis). — Le Repas italien. Deux pièces gravées par De Larmessin et Le Bas (57 et 70).

Belles épreuves, elles manquent un peu de conservation.

LA TOUR (D'après M. QUENTIN DE).

350. LA FONTAINE SOLARE DE LA BOISSIÈRE (M. G. L. De), par Petit. In-fol.

Très belle épreuve. Remargée.

LAWREINCE (D'après N.).

351. L'Accident imprévu, par Darcis (E. B. 1).

Belle épreuve.

352. L'Aveu difficile, par Janinet (8).

Très belle épreuve imprimée en couleurs.

353. La Balançoire mystérieuse. — Les Nymphes scrupuleuses. Deux pièces, faisant pendants, gravées par Vidal (9 et 42).

Très belles épreuves, la première pièce est avec la faute au mot gravé lequel est écrit *gravée*.

354. Le Billet doux. — Qu'en dit l'Abbé? Deux pièces, faisant pendants, gravées par N. de Launay (10 et 51).

Belles épreuves.

355. La Consolation de l'absence, par N. de Launay (14).

Superbe épreuve avec la tablette en blanc, le titre et les noms des artistes, sans aucunes autres lettres. Excessivement rare de cet état et de cette qualité.

356. La même composition gravée en réduction et en contre partie de l'estampe précédente.

Très belle épreuve, tirée en bistre, d'une petite pièce fort rare non décrite par M. Bocher. Sans marge.

357. Le Directeur des toilettes, par Voyez l'aîné (21).

Belle épreuve.

358. L'heureux Moment, par N. De Launay (28).

Superbe épreuve avec la tablette en blanc, les noms des artistes, le titre et les trois initiales de Lempereur entrelacées dans un cartouche tenant lieu d'armoiries, sans aucunes autres lettres. Excessivement rare de cet état et de cette qualité.

359. Ah! le joli petit chien. — Le petit Conseil. Deux charmantes petites pièces, faisant pendants, gravées par Janinet (27 et 48).

Superbes épreuves imprimées en couleurs, petites marges. Très rares à trouver réunies de cette qualité.

360. L'Indiscrétion, par Janinet (30).

Très belle épreuve imprimée en couleurs.

361. Le Lever des ouvrières en modes, par Dequevauviller (36).

Très belle et rare épreuve tirée avant que l'adresse de Dequevauviller ait été remplacée par celle de Bance.

362. Nina (Portrait de Mme Dugazon dans le rôle de), gravé par Colinet (41).

Très belle épreuve en couleurs.

363. Les Nymphes scrupuleuses, par Vidal (42).

Très belle épreuve. Sans marge.

364. Les Offres séduisantes, par Delignon (43).

Très belle épreuve. Manque un peu de fraicheur.

365. Qu'en dit l'Abbé? par N. de Launay (51).

Belle épreuve. Remargée sur trois côtés, et manquant de conservation.

366. Le Restaurant, par Deni (53).

Très belle épreuve.

367. Le Roman dangereux, par Helman (56).

Très belle épreuve. Grande marge.

368. La Sentinelle en défaut, par Darcis (58).

Très belle épreuve. Marge.

369. Les Soins mérités, par De Launay le jeune (60).

Très belle epreuve.

370. Le Joli Chien. Pièce anonyme ovale, entourée d'un trait pointillé (App. 4).

Très belle épreuve imprimée en couleurs. Excessivement rare.

371. *The Grove* — *The Green plot*. Deux pièces, faisant pendants (App. 10).

Belles épreuves.

LAWREINCE (D'après N.)?

372. L'Oraison de saint Julien?

Très belle épreuve, avant toutes lettres, d'une jolie pièce à costumes, remargée.
Fort rare.

LAWRENCE (D'après Sir Th.).

373. *Lady Bagot, Viscountess Burghersh, and Lady Fitzroy Somerset*, sur la même feuille, par Thomson. Grand in-fol.

Très belle épreuve. Marge.

374. *The Duke of Reichstadt*, par W. Bromley. In-fol.

Très belle épreuve. Grande marge.

375. *Farren (Miss)*, en pied.

Aquarelle.

376. *Master Lambton*, gravé à la manière noire, par Samuel Cousins. In-fol.

Très belle épreuve du premier tirage, avant que l'adresse de Giraldon Bovinet ait été ajoutée à celle de Colnaghi.

377. *Miss Peel, Daughter of the Right Honble Sir Robert Peel, Bart.* Gravé à la manière noire par Samuel Cousins. In-fol.

Très belle épreuve. Grande marge.

378. *Lady Peel* enfant, caressant son chien, par Turner? In-fol.

Superbe épreuve avant toutes lettres, les marges couvertes d'essais de burin. Excessivement rare.

379. *Lady Peel*. Charmant portrait. Grand in-4, gravé à la manière noire par Giller.

Très belle et très rare épreuve lettres grises. Grande marge.

380. *Siddons (Miss)* dans le rôle de La Vallière, gravé par Lewis. In-fol.

Belle épreuve, la figure légèrement teintée en couleurs. Grande marge.

381. *A Study* (Portrait de Miss Ludan Bloxain), gravé par F. C. Lewis.

Très belle et rare épreuve, la figure légèrement teintée de couleurs. Grande marge.

LE BARBIER (D'après F.).

382. La Prudence en défaut. — Le Mari dupé et content. Deux pièces, faisant pendants, gravées par Patas.

Très belles épreuves. Grandes marges.

LE BEAU (P.-A.).

383. Barry (Mme la Comtesse Du) en habit de chasse, d'après Marilly. In-8°.

Très belle et très fraiche épreuve avant le numéro. Grande marge.

LE BEL (D'après F.).

384. Le Coup de vent, par Girardet. 1785.

Très belle et très fraiche épreuve avant la lettre. Grande marge.

LE BRUN (D'après L.).

385. La Sollicitation amoureuse, par Le Beau.

Très belle épreuve. Toute marge.

386. La Toilette de la mariée ou le Jour désiré, par Dambrun.

Très belle épreuve.

387. Le Repas du matin. — La Récréation du soir. — L'Intrigue découverte. — La déclaration d'amour. Quatre pièces gravées par Dambrun et Patas.

Très belles épreuves, les deux dernières pièces sont remargées.

LE BRUN (D'après Mme Vigée).

388. Louis XVI, roi des Français. — Marie-Antoinette, Arcsse d'Autriche, reine des Français. Deux portraits de forme ovale, faisant pendants, gravés au pointillé par Macret en 1789.

Très belles épreuves.

389. La Vertu irrésolue, par Dennel.

Très belle épreuve. Marge.

LE CLERC (D'après).

390. Jeunes femmes en buste, dans des encadrements ovales équarris, rehaussés d'or. Deux pièces, faisant pendants, gravées à la manière du crayon par Bonnet.

Très belles épreuves en couleurs. Sans marges.

LE CŒUR (A Paris chez).

391. Lindor et Zélie, que les Hommes sont fous. — Jupiter et Io, les Dieux sont-ils plus sages? Deux jolies petites pièces, de forme ronde, faisant pendants.

Très belles épreuves imprimées en couleurs, elles sont très fraiches et ont de grandes marges. Rares de cette qualité.

LEMPEREUR (L.-S.).

392. Lecomte (M.), d'après Watelet. In-8°.

Superbe épreuve, marge.

LENFANT ET LOMBARD.

393. CHASSEBRAS (G.). — COISLIN (Comboust de LIBER. — BOURBON (Henri de), etc. Cinq portraits, in-folio.

Très belles épreuves.

LE PAON (D'après).

394. Revue de la Maison du Roi au Trou d'Enfer, par Le Bas.

Très belle épreuve.

LE POITEVIN (E.).

395. Diableries, suite de treize pièces.

Très belles épreuves dans leur couverture de publication.

LE PRINCE (D'après J.-B.).

396. *The welcome nécos.* — *Pleasures of solitude*. Deux pièces, faisant pendants, gravées par Bonnet.

Très belles épreuves imprimées en couleurs.
Cadres anciens dorés.

397. *The pleasures of solitude*, par Bonnet.

Très belle épreuve imprimée en couleurs. Sans marge.

LE PRINCE ET CANOT (D'après).

398. L'Amour des fleurs. — La Crainte. — Le Souhait de la bonne année au Grand-Papa. Trois pièces par Chevillet, Lemire et Le Bas.

Très belles épreuves.

LE PRINCE (X.).

399. Les Inconvénients d'un voyage en diligence. Suite complète de douze lithographies.

Très belles épreuves coloriées.

LE SUEUR (Par et d'après).

400. Vue d'une ferme près Cénicourt.

Très belle épreuve imprimée en couleurs. Grande marge.
Encadrée.

SERGENT (F.).

401. LAURENT (J.-Jacques). Négociant. In-4°.

Superbe épreuve, avant les noms des artistes et toutes inscriptions sur la tablette, imprimée en couleurs. Très rare.

LONGUEIL (J. de).

402. Les Dons imprudents. — Le Retour à la vertu. Deux pièces faisant pendants.

Très belles épreuves imprimées en couleurs avec des rehauts d'or dans la seconde pièce. Sans marges.
Cadres anciens Empire.

LUNAUD (D'après).

403. Les Saisons. Suite de quatre pièces, sujets enfantins, gravées par Le Beau.

Très belles épreuves.

MALLET (D'après J. B.).

404. Le voulez-vous plus long. Gravé à la manière du lavis par un anonyme.

Très belle épreuve en couleurs. Rare.
Cadre ancien, bois doré.

405. Saint Preux ou les Alarmes de l'amour, par Copia.

Très belle épreuve. Marge.

MALLET ET DUTAILLY (D'après).

406. L'Imitation de l'antique. — L'Admiration de l'antique. Deux pièces, faisant pendants, gravées par Lingée et Prot.

Belles épreuves, imprimées en couleurs, d'anciennes réimpressions.

MARIN (L. BONNET).

407. *The fine musetioners*, d'après Raoux, 1775.

Magnifique épreuve imprimée en couleurs, avec des rehauts d'ors dans l'encadrement, elle est de la plus grande fraicheur. De la plus grande rareté de cette qualité.

408. *The milk Woman*, 1774.

Superbe épreuve imprimée en couleurs, avec des rehauts d'ors dans l'encadrement et dans l'estampe.

409. La même estampe.

Très belle épreuve imprimée en couleurs. Remargée.

410. *Provoking Fidelity*, 1775.

Superbe épreuve imprimée en couleurs avec des rehauts d'ors dans l'encadrement.

411. *The Pretty Noesgay Girl*, d'après Greuze.

Très belle épreuve imprimée en couleurs avec des rehauts d'ors dans l'encadrement.

412. Tête de Jeune fille, d'après Le Clerc.

Très belle épreuve imprimée en couleurs avec des rehauts d'ors dans l'encadrement. On lit dans la marge de cette estampe : « *L'invention de cette nouvelle manière de graver et d'imprimer l'or a été trouvée par Louis Marin* (Bonnet) *et mise au jour le 16 novembre 1774.*

413. L'Espoir d'un heureux jour. — Le Revers de la fortune. Deux pièces, faisant pendants, gravées d'après Bonnieu.

Très belles épreuves imprimées en couleurs.

MASSON (Ant.).

414. Guise (Duchesse de), deux épreuves. — Ormesson (Lefevre d'). Trois portraits in-folio.

Très belles épreuves, un des portraits de la Duchesse de Guise est avant le lapin.

MÉRYON (Ch.).

415. La Pompe Notre-Dame. — La Tour de l'Horloge. Deux pièces.

Très belles épreuves du tirage du journal « l'Artiste ».

MESMERISME (Pièces sur le).

416. Portrait de Mesmer. — Le Baquet de Mesmer ou représentation fidèle des opérations du magnétisme animal. — Phénomènes du mesmerisme. — Le Mesmerisme confondu. — Les Magnétiseurs. Cinq pièces curieuses et rares.

Très belles épreuves, en noir, à la sanguine et coloriées.

MONNET (D'après C.).

417. Les Baigneuses surprises, par Vidal.

Très belle épreuve. Marge.

418. Le Roi d'Ethiopie abusant de son pouvoir. — Jupiter et Anthiope. Deux pièces gravées par Vidal.

Très belles épreuves avant toutes lettres et avant les retouches. Grandes marges.

419. La Surprise agréable, par Vidal.

Très belle épreuve avant toutes lettres et avant la draperie.

420. Jupiter et Io. — Renaud et Armide. — Vénus et Adonis. — Le Roi d'Ethiopie abusant de son pouvoir. Quatre pièces gravées par Vidal.

Très belles épreuves avant toutes lettres et avant les retouches. Sans marges.

MONNIER (H.).

421. Mœurs parisiennes. Nos 1, 2, 4, 6, 9 et 10. Six pièces.

Très belles épreuves coloriées. Toutes marges.

422. Paris vivant, dix-neuf pièces dont deux doubles. — Les Grisettes, vingt-huit pièces. Ensemble cinquante-sept pièces.

Très belles épreuves coloriées. Marges inégales.

MOREAU (Par et d'après J. M.).

423. Le Festin royal, 1782 (E. B. 201).

Superbe épreuve avant la lettre. Rare.

424. Le Bal masqué. — Le Festin royal. Deux pièces, faisant pendants (200 et 201).

Très belles épreuves.

425. Répertoire de Fontainebleau, année MDCCLXXV., par Lempereur (246).

Très belle épreuve avec le portrait de Louis XVI, remplaçant celui de Louis XV, dans le haut de l'encadrement, et avec des inscriptions typographiques dans l'intérieur du cadre, donnant le millésime de l'année et la liste des pièces qui ont été jouées devant le Roi du mardi 10 octobre au mardi 14 novembre.

426. Décoration du sacre de Louis XVI, roi de France et de Navarre, à Reims, le 11 juin 1775 (254).

Ancienne et très belle épreuve de la pièce capitale du maître.

427. N'ayez pas peur, ma bonne amie, par Helman (1351).

Très belle épreuve. Grande marge.

428. Les Délices de la Maternité, par Helman (1354).

Très belle épreuve. Grande marge.

429. Rencontre au bois de Boulogne, par Guttenberg (1358).

Très belle épreuve, bien certainement avec le privilège, quoique la justification manque, la marge ayant été coupée au-dessous du titre.

430. Le Souper fin, par Helman (1370).

Très belle épreuve de la même qualité et dans le même état que la pièce précédente.

431. Déclaration de la Grossesse, par Martini (1372).

Très belle épreuve avec les lettres A. P. D. R.

432. La Dame du Palais de la Reine, par Martini (1333).

Très belle épreuve, bien certainement avec le privilège, quoique la justification manque, la marge ayant été coupée au-dessous du titre.

433. J'en accepte l'heureux présage. — La Course de chevaux. — Le Pari gagné. — Le Seigneur chez son fermier. Quatre pièces.

Belles épreuves. Toutes marges.

434. Droit et revers d'une médaille, frappée par Duvivier, représentant le portrait de Louis XVI et une allégorie sur son sacre. — Couronnement de Voltaire, réduction par Couché. — Le Gâteau des Rois (allégorie sur le partage de la Pologne). Quatre pièces.

Très belles épreuves.

MORLAND (D'après G.).

435. *Breaking the ice.* — *Milk-maid and cow-maid.* Deux grandes et belles pièces, faisant pendants, gravées à la manière noire par J. R. Smith.

Superbes épreuves imprimées en couleurs; la seconde pièce a une restauration. Marges.

435 *bis.* *Children bird nesting*, gravé à la manière noire par Keating.

Très belle épreuve. Sans marge et doublée.

436. *Séduction.* — *Discovery.* Deux jolies pièces à costumes, faisant pendants, gravées par J. R. Smith.

Très belles épreuves imprimées en bistre. Sans marges.

437. *Almeida.* — *Rosaida.* Denx pièces faisant pendants, gravées par A. Legrand.

Très belles épreuves imprimées en couleurs.

438. *Variety.* — *Constancy.* Deux pièces, faisant pendants, publiées par J. P. Cook.

Très belles épreuves imprimées en carmin.

439. La Partie de pêche, par A. Le Grand.

Très belle épreuve imprimée en couleurs. Marges.

MOUCHET (D'après).

440. La Méprise, gravé à l'eau forte par Macret et terminé au burin par Anselin.

Très belle épreuve avec l'encadrement, lequel a été supprimé par la suite.

441. Le Réveil importun, par Darcis.

Très belle épreuve.

NANTEUIL (R.).

442. Amelot (J.). — Laborde (Denis de). — Lamoignon (G. de). — Le Tellier (Ch. M.). — Mouy (Mis de). — Péréfixe de Beaumont (Harduin de). — Payen Deslandes (P.). Sept portraits in-fol.

Très belles épreuves.

NAPOLÉON (Pièces sur).

443. Bonaparte premier consul de la République française, dans une bordure ovale reposant sur une tablette où est représentée la Revue du Quintidi. Gravé par Levachez, d'après Boilly. In-fol.

Superbe épreuve imprimée en couleurs. Rare de cette qualité.

444. Bonaparte, en pied, premier consul, à la Malmaison. Gravé par Lingée et Godefroy d'après Isabey. Grand in-fol.

Très belle épreuve.

445. Bonaparte (Le général), en imitation de camée, médaillon entouré d'une guirlande de feuilles de chêne. Très jolie petite pièce gravée au pointillé par Godefroy d'après Chaudet. In-8.

Très belle épreuve en couleurs. Fort rare.

446. Napoléon Ier, coiffé d'un chapeau empanaché, gravé par Bourgeois de la Richardière d'après Dumont. In-fol.

Très belle épreuve. Rare.

447. Napoléon à Sainte-Hélène. Gravé par S. W. Reynolds d'après H. Vernet. In-fo.

Superbe et rare épreuve avant toutes lettres. Marge.

448. Napoléon Premier, Empereur des Français, Roi d'Italie, né le 15 aoust 1769. — Maria Louise *Erzherzogin von Astereich Kaiserin von Francreich*. Deux très jolis petits médaillons, faisant pendants, publiés à Paris chez Jean.

Très belles épreuves. Rares.

449. Marie-Louise, Impératrice des Français en buste, vue de profil. In-fol.

Superbe et très rare épreuve avant toutes lettres. Grande marge.

450. Marie-Louise, archiduchesse d'Autriche, Impératrice des Français. Gravé par Ruotte d'après le buste de Bosio. In-fol.

Superbe épreuve avant toutes lettres. Très grande marge.

451. Marie-Louise, Impératrice des Français. Trois portraits différents, in-4 et in-fol., gravés par Mécou, Ruotte et Desnoyers.

Très belles épreuves. Toutes marges.

452. Hortense? (La Reine). Gravé par Monsaldi d'après Isabey. In-4.

Très belle et rare épreuve avant la lettre.

453. Joséphine (L'Impératrice). — Marie-Louise (L'Impératrice). — Encadrement d'un portrait du sacre. Cinq pièces d'après Isabey, gravées par Mécou et Monsaldy.

Très belles épreuves noires et coloriées, avec le cachet d'Isabey; l'encadrement est à l'état d'eau-forte.

454. Lasalle (Le général), en pied. Gravé à la manière noire par J. Jazet d'après Gros. Grand in-fol.

Superbe et rare épreuve avant la lettre. Marge.

455. Élévation de la Colonne de la Grande Armée, d'après Zir, 1810.

Très belle épreuve.

456. *The Battle of Salamanca, July 22, 1812*. Gravé par Lewis d'après A. Atkinson.

Très belle épreuve en couleurs.

NATTIER (D'après J. M.).

457. La Belle Source, par Meliny (on n'est pas très certain du personnage représenté. M. de Goncourt, sans en être bien sûr, y voit Mme de Pompadour, et M. de Combrousse, Élisabeth de La Rochefoucault, duchesse d'Anville). In-fol.

Très belle épreuve.

458. La Chasseuse aux Cœurs, par Henriquez (Mlle de Beaujolais). In-fol.

Très belle et très fraiche épreuve ayant toute sa marge.

459. L'Eau, par R. Gaillard (Mme Mie Lse Thse Victoire de France). — Le Feu, par Tardieu (Mme Mie Henriette de France). Deux portraits in-fol.

Très belles épreuves.

460. Flore à son lever, par Malœuvre (Mme du Boccage d'après de Goncourt, ou la duchesse de Chartres d'après certains iconographes). In-fol.

Très belle épreuve.

461. La Force, par Baléchou (Mme de Chateauroux). In-fol.

Très belle épreuve ayant sa marge entière non ébarbée.

462. La Nuit passe, l'Aurore paraît, par Malœuvre (Mme DE CHATEAUROUX). In-fol.

Superbe épreuve, elle est très fraiche et a toute sa marge. Très rare de cette qualité.

463. Mme la Duchesse de *** en Hébé, par Hubert (Louise-Henriette de Bourbon-Conti, DUCHESSE d'ORLÉANS). In-fol.

Très belle épreuve. Marge.

464. Cette liqueur brillante et pure, etc.

Très belle épreuve d'une pièce dont les personnages sont bien probablement des portraits. Toute marge.

NEWTON (J.).

465. *Devonshire* (Her Grace the Dutchess). In-4, en largeur.

Très belle épreuve imprimée en couleurs.

NORTHCOTE (D'après J.).

466. *Charlotte and Werther*, par C. Knight.

Très belle epreuve imprimée en couleurs. Sans marges.

PAROY (Comte DE).

467. Pièce de forme ronde où l'on voit toutes les Fables de La Fontaine, en autant de sujets extrêmement fins, entourant son buste. Cette pièce protégée par un verre et retenue par un cercle de cuivre, était destinée à recouvrir un guéridon.

Très belle épreuve. Marge.

PARRIS (D'après E. T.).

468. *The Lily.* Pièce gracieuse gravée à la manière noire par G. H. Phillips.

Très belle épreuve.

PATER (D'après J. B.).

469. Le Colin-Maillard. — Le Concert amoureux. — La Conversation intéressante. — La Danse. Suite de quatre pièces gravées par Fillœul.

Très belles épreuves.

470. La belle Bouquetière. — La Marche comique. Deux pièces gravées par Fillœul et Ravenet.

Très belles épreuves.

471. Illustrations pour le Roman comique de Scarron. Suite complète de seize pièces gravées par Surugue, Audran et Lépicié.

Très belles épreuves d'une parfaite égalité de tirage. Grandes marges.

PETERS (D'après S. W.).

472. *The Gamesters*, gravé à la manière noire par J. R. Smith.

Très belle épreuve. Remargée au trait carré.

PETIT (G. E.).

473. Marie-Thérèse, reine de Hongrie, d'après D. de Meytens. In-fol.

Très belle épreuve. Très grande marge.

PIERRE.

474. Mascarade chinoise faite à Rome, le Carnaval de l'année MD.CCXXXV, par Mrs les Pensionnaires du Roy de France en son Académie des arts.

Très belle épreuve d'une eau-forte rare.

PIGAL.

475. Mœurs parisiennes. Suite de cent planches dont nous ne possédons que quatre-vingt-onze (manquent les nos 77, 82, 83, 85, 86, 87, 88, 93 et 95.) In-fol. cart.

Très belles épreuves coloriées, soixante-douze sont uniformes et se suivent sans interruption, dix-huit ont été ajoutées.

PORTRAITS D'ACTEURS ET D'ACTRICES.

Opéra.

476. Camargo (Mlle De) en pied. Gravé par L. Cars d'après Lancret, in-fol. (E. B. 17).

Très belle épreuve avec l'adresse de l'auteur, adresse qui, par la suite, fut remplacée par celle de Suruge. Remargée sur deux côtés.

477. Dauberval (Jean Bercher) Dauberval (Théodora) sa femme Deux très petits médaillons, in-8, gravés au pointillé par Legoux d'après Lefèvre.

Très belles épreuves, elles sont très fraîches et ont leurs marges entières non ébarbées.

478. Guimard (Portrait présumé de Mlle), gravé d'après Roslin, par Basan sous le titre : *la Flore de l'opéra*. In-fol.

Très belle épreuve avec marge. Rare.

479. Heligsberg (Mlle), dans le ballet du Jaloux puni, gravé par J. Condé d'après le dessin de Janvry. Petit in-fol.

Très belle épreuve.

480. Huretti (Mlle) en pied, dansant. Gravé par Scotin. In-fol.

Très belle épreuve. Rare.

481. La Chanterie (Mlle), buste grandeur nature, gravé à manière du crayon, par Gilsberg d'après Pierre. In-fol.

Très belle épreuve imprimée à la sanguine. Grande marge.

482. Lany (Lse Marie), gravé par Delafosse d'après Carmontelle. In-fol.

Très belle épreuve.

483. Maillard (Mlle) du Théâtre des Arts, personnage qui, plus tard, figura, à Notre-Dame, la Déesse Raison le jour de la Fête de l'Être suprême. Gravé par Alix d'après Garneray. In-4°.

Belle épreuve imprimée en couleurs.

484. Pelissier (Mlle), gravé par Daullé, d'après Drouais. In-fol.

Très belle épreuve. Marge.

485. Sallé (Mlle), gravé par De Larmessin, d'après Lancret (71). In-fol.

Très belle épreuve avec la première adresse, celle de l'auteur qui, plus tard, fut remplacée par celle de Surugue.

486. Saint-Huberti (Mme de), en buste dans une bordure ovale équarrie. Gravé par Janinet d'après Lemoine. In-8°.

Très belle épreuve imprimée en couleurs. Remargée à l'ovale.

487. Sallé (Mlle), en buste, tenant une colombe dans ses mains. Gravé par Petit, d'après Fenouil sous le titre : *l'Après Diné*. In-fol.

Très belle épreuve.

488. Vestris, représenté faisant une pirouette sur la scène, au bas cette piquante légende. « *Un Étranger à Sparte se tenant longtemps sur une jambe disait à un Lacédémonien : Je ne crois pas que vous en puissiez faire autant. — C'est vrai, répondit celui-ci, mais n'importe quelle oie peut faire ce que vous faites.* Caricature anglaise publiée à Londres chez Torre en 1781.

Très belle épreuve en bistre. Rare.

489. Camille (Mlle). — Dutey (Mlle). — Duplant (Rosalie). — Levasseur (Mlle). Quatre portraits in-4° gravés par Le Beau, Peltier et Elluin.

Très belles épreuves avant les numéros.

490. Noverre, maître de Ballet et de Danse à l'Opéra. — Didelot (Mme) en pied dans le rôle de Calypso. — Ballet du Prince de Salerne. Trois pièces in-4° et in-fol.

Très belles épreuves.

491. Pas de Deux, tiré du second acte de Silvie, dansé par Dauberval et Mlle Allard. Gravé par J. B. Tilliard d'après Carmontelle. In-fol.

Très belle épreuve.

Comédie-Française.

492. Clairon (Hippolyte de La Tude) dans le cinquième acte de Médée. Gravé par L. Cars et Beauvarlet, d'après C. Vanloo. Grand in-fol.

Très belle épreuve.

493. Clairon (Mlle) en buste, médaillon ovale reposant sur un cartouche où elle est représentée dans le rôle de Médée. Gravé par J. B. Michel, d'après Pougin de Saint-Aubin. In-fol.

Très belle épreuve. Très grande marge.

494. Clairon (Mlle) sous la figure de la Tragédie couronnant Voltaire. Gravé par Dupin, d'après Desrais. In-4°.

Très belle épreuve. Marge.

495. Contat (Mlle) dans le rôle de Suzanne du *Mariage de Figaro*, par Coutellier ? In-4°.

Très curieuse épreuve d'essai, avant toutes lettres, imprimée en couleurs.

496. Contat (Mlle) dans le rôle de Suzanne du *Mariage de Figaro*, médaillon ovale reposant sur un cartouche où elle est représentée dans une des scènes de cette comédie. Gravé par Dupin fils, d'après Desrais. In-8°.

Superbe épreuve avant le numéro. Grande marge.

497. Dangeville, la jeune (Mlle), gravé par Le Bas, d'après Pater. Grand in-fol.

Très belle épreuve ayant une grande marge. Déchirure entamant l'estampe.

498. Desmares (Charlotte) gravé par Lepicié d'après C. In-fol.

Très belle épreuve. Grande marge.

499. Duclos (Mlle) dans le rôle d'Ariane, gravé par Desplaces d'après ce tableau de Largillière que possède actuellement la Comédie-Française. In-fol.

Très belle épreuve.

500. Georges (Mlle) et Mlle Bourgoin dans *Iphigénie en Aulide.* — Bourgoin (Mlle) en buste dans des nuages. Deux pièces in-fol. gravées par Vendramini et Bertonnier d'après Dubois et Sicardi.

Très belles épreuves avant la lettre et lettres grises. Grandes marges.

501. Grandval, gravé par De Larmessin d'après Lancret. In-fol. (38).

Superbe épreuve. Marge.

502. Lecouvreur (Adrienne) dans le rôle de Cornélie. Gravé par P. I. Drevet d'après C. Coypel. In-fol.

Belle épreuve. Toute marge.

503. Lekain (Henri-Louis). — Dangeville (Marie-Anne Botot). Deux portraits in-fol. gravés par Michel, le dernier d'après Pougin de Saint-Aubin.

Très belles épreuves, la première pièce a une grande marge.

504. Leverd (Mlle), gravé par Mécou d'après Isabey. In-4°.

Très belle épreuve en couleurs, elle porte le cachet du Dépôt de la Librairie. Toute marge.

505. Olivier (Mlle) dans le rôle de Chérubin du *Mariage de Figaro*, par Coutellier. In-4°.

Très belle et très fraiche épreuve imprimée en couleurs.

506. Olivier (Mlle) dans le rôle de Chérubin du *Mariage de Figaro*, dessiné et gravé par Coutellier. In-4°.

Belle épreuve imprimée en couleurs.

507. Oligny (Mlle), gravé par J. J. Huber, d'après M. Vanloo. In-fol.

Très belle épreuve.

508. Preville (A. P. Dubus de), dans une bordure ovale reposant sur un socle où il est représenté dans trois rôles différents. Dessiné et gravé par Alix. In-fol.

Très belle épreuve imprimée en couleurs. Marge.

509. Preville (P. L. Dubus de). — Drouin (Angélique), sa femme, en bustes, médaillons ovales reposant sur des cartouches où ils sont représentés l'un dans les *Folies Amoureuses*, l'autre dans *Dupuis et Deronais*. Gravé par J. B. Michel d'après Colson. In-fol.

Très belles épreuves. Très grandes marges.

510. Raucour (Mlle), médaillon ovale reposant sur un cartouche, où elle est représentée dans une scène de *Mithridate*. Gravé par Lingée d'après Freudeberg. In-fol.

Très belle épreuve. Toute marge.

511. Raucour (Mlle), médaillon ovale reposant sur un cartouche où elle est représentée dans une scène de *Mithridate*. Gravé par Le Beau d'après Freudeberg. In-8°.

Superbe épreuve avant le numéro. Grande marge.

512. Raucour (Mlle) dans le rôle de Médée. Gravé par Janinet. In-8°.

Superbe épreuve avant toutes lettres, imprimée en couleurs. Très rare.

513. Raucour (Mlle F.), quatre portraits in-fol, gravés par Malapeau, Ruotte et Lingée.

Très belles épreuves. Marges.

514. Talma dans Hippolyte. — Georges (Mlle) dans Phèdre. Deux portraits, in-8°, gravés au pointillé par Leroy d'après Lebourd.

Très belles épreuves imprimées en couleurs, marges. Très rares.

515. Vanhove (Mlle), seconde femme de Talma. Gravé par Gaucher. In-8°.

Très rare épreuve dans un état d'eau-forte assez avancé.

516. *Le Glorieux*, acte III, scène 3me. — *Le Philosophe marié*, acte V, scène dernière. Deux pièces des plus intéressantes, faisant pendants, gravées par Dupuis d'après Lancret. Les personnages ont été peints d'après nature, ce sont les portraits de : Sarrazin. — Quinault-Dugresne. — Bonneval. — Desessarts. — Mlles Dangeville l'aîné et Gaussin (*Mercure de France*, mars 1741). (E. B. 37 et 61).

Très belles épreuves, elles sont très fraiches et ont de bonnes marges. Rares.

517. Clairon (Mlle) couronnée par Melpomène. — Dumesnil (Marie). — Hannetaire (Eug.). — Crétu (Mme) du Théâtre de Bordeaux. Quatre portraits in-4°.

Très belles épreuves.

518. Jodelet. — Mlle Gaussin et Grandval dans l'*Oracle*. — Mlle Clairon. — Baron. — Cath de Seine. — Mlle Duclos. — Molé. — Mlle Duchesnois. — Mme Joly. — Talma, etc. Dix-sept portraits in-8°, in-4° et in-fol.

Très belles épreuves.

519. CHANET. — DESESSARTS. — MOLÉ. — LE KAIN. — MARS (Mlle), deux portraits différents. — BOURGOIN (Mlle). — CLOTILDE (Mlle), femme de Boieldieu. Huit portraits in-8° et in-fol. gravés par A. de Saint-Aubin et autres artistes.

Très belles épreuves en noir et en couleurs.

Comédie italienne.

520. COLOMBE (Mlle) l'aînée, gravé par Coutellier. In-8°.

Très belle épreuve imprimée en couleurs. Grande marge.

521. COLOMBE (Mlle) l'aînée, en buste, vue de profil à gauche. Gravé par Janinet. In-8°.

Très belle épreuve imprimée en couleurs, du 1er tirage : elle est découpée à l'ovale et reportée sur une monture bleue où l'encadrement et toutes les inscriptions sont gravées.

522. COLOMBE (Mlle) en pied, dans le 1er acte de *la Colonie*. Dessiné et gravé par Patas. In-fol.

Très belle épreuve.

523. COLOMBE (Mlle) rôle de Belinde dans *la Colonie*. — FAVART (Mme) dans le rôle de Roxelane. Deux portraits en pied, in-8°, gravés par Janinet.

Très belles épreuves imprimées en couleurs.

524. DUGAZON (Mme). Gravé par Monsaldy d'après Isabey. In-8°.

Très belle épreuve imprimée en couleurs. Encadrée à l'ovale.

525. DUGAZON (Mme). — LESCOT (Melle). Deux portraits in-8° gravés par Le Beau et un anonyme.

Très belles épreuves avant les numéros. Grandes marges.

526. FAVART (Mme) en pied, dans le rôle de Bastienne. Gravé par Daullé d'après C. Vanloo. In-fol.

Très belle épreuve. Grande marge.

527. FAVART (Mme) dans la pièce des *Trois sultanes*, — en montreuse d'ours, — dans le rôle de Ninette à la cour. Quatre portraits in-8° et in-4° d'après Simonet et Boucher.

Très belles épreuves.

528. JULIEN (Mme), gravé par Coutellier. In-4°.

Très belle épreuve imprimée en couleurs.

529. LARUETTE (Mlle Th^{se} Villette, femme). — PREVILLE (Ang^{lique} Drouin, femme) de la Comédie-Française. Deux portraits en pied, faisant pendants, gravés par Devaux, d'après Simonet. In-4°.

Très belles épreuves.

530. La Ruette (Jean-Louis). — Marie-Thérèse Villette, sa femme. Deux portraits, in-4°, gravés par Elluin d'après Le Clerc.

Très belles et très fraîches épreuves ayant de très grandes marges.

531. Menier (Joseph), gravé par Coutellier. In-4°.

Superbe épreuve, imprimée en couleurs, du 1er tirage.

532. Mayeur (François Marie), dans le rôle de Bagnolet. Gravé par Ridé d'après Le Peintre, in-4°.

Très belle épreuve, imprimée en couleurs. Fort rare.

533. Michu, par Coutellier. In-4°.

Très belle épreuve imprimée en couleurs.

534. Renaud (Mlle). Deux pièces, de forme ovale et faisant pendants, gravées par Beljambe d'après Cl. Monnet. In-4°.

Très belles épreuves imprimées en bistre. Rares.

535. Silvia (Mlle), gravé par Surugue le fils, d'après de La Tour. In-fol.

Très belle épreuve. Grande marge.

536. Tonelli (Mlle), gravé par Lempereur d'après Le Glain. In-8°.

Très belle et curieuse épreuve avec la planche accessoire contenant des couplets, paroles et musique qu'elle chantait dans l'opéra-comique : *La Bohémienne*. Rare.

537. Saint-Huberti. — La Rive. Deux très jolis petits portraits en imitations de camées, imprimés sur fond bleu et sur fond vert.

Très belles épreuves. Le portrait de Mme St-Huberti est imprimé en bleu, celui de la Rive en couleurs. Fort rares.

538. Dominique (J.), créateur du rôle d'Arlequin. — Constantini (Angelo) en Mezetin. — Poisson en Crispin. Trois portraits in-4° et in-fol. par Habert, Vermeulen et Edelinck.

Belles épreuves.

539. Lescot (Mlle). — La Ruette. — La Rive. — Gavaudan (Mme). — Renault, l'aînée (Mlle). Cinq portraits in-8° et en in-4°.

Très belles épreuves.

540. Huberti (Mme de Saint-). — Sainval (Mlle). — Vestris (Mme), deux portraits, — Carline (Mlle). Cinq portraits en pied, gravés par Janinet, parus dans les Costumes et Annales du Théâtre de Levacher de Charnois.

Très belles épreuves imprimées en couleurs.

541. Mesdames BÉRARD, LARUETTE et DESLANDES. Messieurs CAILLOT et CLÉRISSOT, représentés dans la scène III du 1er acte de *Tom Jones*. Pièce in-fol. gravée par Ingouf d'après Wille fils.

Très belle épreuve.

542. DESBROSSES (Mlle) deux portraits différents. — COLOMBE (Mlle). — MAILLARD (Mme). — SAINT-HUBERTI (Mme de). Cinq portraits. in-8° gravés par Le Beau et autres artistes, publiés chez Esnauts et Rapilly.

Très belles épreuves avant les numéros. Grandes marges.

Étrangers.

543. BODIN (Mme). Première danseuse du Théâtre Impérial de Vienne. Gravé par Schmuzer. In-fol.

Très belle épreuve. Rare.

544. BRANDES (Est Ch.) dans le rôle d'*Ariane*. Gravé par Sentzenich. In-fol.

Très belle épreuve.

545. GRASSINI (Mme) dans le rôle de *Zaïre*. Gravé par S. W. Reynolds, d'après Mme Lebrun. In-fol.

Très belle et rare épreuve imprimée en couleurs, un coin rapporté.

546. WUIET (Caroline) de l'Académie des Arcades — CASSENTINI (Mme). — FOOT (Miss). — CAROLINE et CHARLOTTE (les deux sœurs) dans le ballet de *Pygmalion*. Cinq portraits in-4° et in-fol. gravés par Vangelisty, Neidl et autres artistes.

Très belles épreuves, le portrait de Mme Cassentini est avant toutes lettres.

Théâtres (Pièces sur les).

547. Le Cirque. — Promenade des Filles dans l'allée des soupirs. Deux pièces, faisant pendants, gravées par Binet.

Très belles épreuves. Marges.

548. Vue du Foyer du Théâtre Montansier, 1808, par Bovinet.

Très belle épreuve d'une curieuse petite pièce fort rare.

549. Fanfan et Colas. — La Bienfaisance ingénieuse (Elleviou chantant au profit d'un pauvre au boulevard de la Madeleine). — L'Amateur d'estampes. Trois pièces.

Très belles épreuves, la première pièce est gravée par Helman.

550. Les Caprices de la goutte, ballet arthritique. Pièce satirique de forme ovale, publiée à Londres en 1783, chez Sandby.

Très belle épreuve imprimée en bistre. Marges.

551. Vues de l'Opéra, — des Variétés. — Première et seconde vues du Théâtre de la République. — L'Ambigue comique. — Le Café Turc. — Promenades Égyptiennes au jardin du Delta. — Portraits de l'équilibriste Ant. Madox, du clown J. Warner. Mazurier. Vingt pièces gravées et lithographiées.

Belles épreuves.

PORTRAITS.

552. Louis XV. — Bignon (J.). — Bonnegeuse (J. de). — Chavigny. (Bouthetier de). — Grandjean (H. de). — Montesquieu (C. de). — Orry (Ph.). — Portrait de femme. Huit portraits in-fol., gravés par L. Cars, Duflos et Gaucher.

Très belles épreuves.

553. Bachelier (H.). — Capperonier (Cl.). — Detleu (C.). — Louvois (Abbé de). — Pomponne (Arnaud de). — Titon du Tillet (Ev.). Six portraits in-fol. gravés par Chéreau, Lepicié. Petit et Roullet.

Trés belles épreuves.

554. Charron (J. de). — Cottignon (L'abbé). — Estrées (Card. d'). — Favier du Boulay. — Harlay (De). — Orléans (Duc d'). — Perron (Card. Du). — Richelieu (Abbé de). — Tallemant (L'abbé). Neuf portraits in-fol., par M. Lasne, Frosne et Pitau.

Très belles épreuves.

555. Bertin (V.). — Boyer d'Aiguilles (J. B.). — Fénelon (De La Mothe). — Jaillot (H.). — Hennin (Prince d'). Six portraits in-fol., gravés par Audran, Kilian et Vermeulen.

Très belles épreuves.

556. Rousseau (J.-J.). — Target. — Agay (Comte d'). — Maury (L'abbé). — Hénault (Le Président). — Hébert (J.), etc. Huit portraits in-4 et in-fol.

Très belles épreuves avant et avec la lettre.

557. Boullongne (L. de). — Coypel (Noël). — Coypel (Ant.). — Largillière (N. de). — Verdier (F.). — Vernet (J.). Six portraits in-fol., gravés par Audran, Chéreau, Dupuis, Desrochers et autres artistes.

Très belles épreuves.

558. **Chéron** (Sophie). — **Coypel** (Noël). — **De Troy** (J.). — **Hallé** (Cl.). — **Jeaurat** (Ét.). — **Vleughels** (N.). Six portraits in-fol., gravés par Chéreau, Jeaurat, Lempereur et autres artistes.

Très belles épreuves.

559. **Boullongne** (Jean). — **Boullongne** (Louis). — **Belloy** (Buirette de). — **De la Fosse** (Ch.). — **Largillière** (N. de). — **Parrocel** (J.). — **Poussin** (N.). Sept portraits in-fol., gravés par Chéreau, Duchange, Surugue et autres artistes.

Très belles épreuves.

560. **Allegrain** (Ch.-G.). — **Balechou** (J.-J.). — **Belloy** (Buirette de). — **Daffincourt** (P. Cl.). — **Guillain** (S.). — **Jeliotte** (P.). — **Lerambeeg** (L.). — **Le Lorrain** (R.). — **Perronet** (R.). — **Picart** (B.). Dix portraits in-fol., gravés par Cathelin, Audran, Surugue, Saint-Aubin et autres artistes.

Très belles épreuves.

561. **Orléans** (M^le^ T^se^ Bathilde d'). — **Bourbon** (Duchesse de). — **France** (Marie Hélène de), sœur du Roi. — **Artois** (C^sse^ d'). — **Artois** (C^sse^ d') et ses enfants. — **Madame** (M^ie^ T^e^ Charlotte). Cinq portraits in-8 et in-4, gravés par Dupin, Cathelin et Ingouf.

Très belles épreuves.

562. **Louis XVI.** — **Orléans** (Duchesse d'). — **Grafigny** (Mme de). — **Du Chastelet** (Mme). — **De Saint-Vincent** (Mme de). — **Barry** (Mme Du). — **Necker.** — **Stael** (Mme de), etc. Onze portraits in-4 et in-fol.

Très belles épreuves noires et coloriées.

563. **Motte** (C^sse^ de La). — **Oliva** (Mlle d'). — **Cagliostro** (C^sse^ de). — **Curville de Sulbac** (Mme de). — **La Tour** (Mlle), etc. Sept portraits se rapportant à l'affaire du Collier.

Très belles épreuves en noir, en bistre et en couleurs.

564. **Louise Augusta**, Princesse héréditaire de Prusse. — **Amélie** (L^se^ A. Wilhelmine), reine de Prusse. — **Erlach** (la famille du Baron d'). Trois portraits in-4 et in-fol., gravés par Clément, Tardieu et Tanjé.

Très belles épreuves.

565. Personnages anglais. — Comédiens et Danseuses. Vingt-quatre portraits in-8 et in-4, gravés au burin et à la manière noire.

Belles épreuves.

PRUD'HON (D'après P.-P.).

566. Le Sommeil, par Girard.

Superbe épreuve avant la lettre, sur chine.

QUEVERDO (D'après F.-M.).

567. Les Charmes de l'Amour. — Estelle et Némorin. Deux pièces, faisant pendants, gravées par Girard et Massot.

Très belles épreuves.

568. Le Coucher de la Mariée. — Le Lever de la Mariée. Deux pièces, faisant pendants, gravées par Dambrun.

Très belles épreuves.

569. Décoration de boutons. Six jolies petites pièces.

Très belles épreuves. Rares.

570. La Jeune Veuve, par Mensold.

Très belle épreuve imprimée en couleurs. Rare.

571. Le Sommeil interrompu. — Nouvelle du Bien-aimé. Deux pièces, faisant pendants, gravées par Dambrun et Romanet.

Très belles épreuves.

RAMBERG (H.).

572. *Tscercassih. Waare.* — Les Beautés aux Indes Orientales.

Très belle épreuve, soigneusement coloriée.

573. L'Amour au camp, 1798. Deux pièces faisant pendants.

Très belles épreuves avant toutes lettres, coloriées.

RAOUX (D'après J.)

574. Télémaque dans l'île de Calypso, par Beauvarlet.

Très belle épreuve avant toutes lettres.

575. La même estampe.

Très belle épreuve également avant la lettre.

576. L'Offrande à Priape, par Beauvarlet.

Très belle épreuve avant la lettre.

REGNAULT (N. F.).

577. Le Matin. — Le Soir. — La Nuit. Trois pièces gravées au pointillé et à l'aqua-tinta.

Très belles épreuves.

578. Io, par Chaponnier.

Très belle épreuve imprimée en couleurs. Trè rare.

RÉVOLUTION (Pièces sur la).

579. Vue de la Bastille, prise des Fossés Saint-Antoine. — Vue du Jardin de la Bastille. — De Launay, gouverneur de la Bastille pris et conduit à l'Hôtel de Ville. Trois très jolies petites pièces, ovales, gravées par Guyot.

Très belles épreuves imprimées en couleurs.

580. Vue de la Bastille, prise de la Gallerie en face du Boulevard. Petite pièce ronde gravée par Roger.

Très belle épreuve imprimée en couleurs.
Cadre ancien doré.

581. Première attaque et prise de la Bastille. — Monument du Despotisme en 1369, achevé en 1383, pris le 14 juillet 1789 et démoli aussitôt après sa prise. Deux pièces anonymes, la dernière est publiée chez Bance.

Très belles épreuves en bistre et en couleurs.

582. L'heure première de la Liberté (Délivrance des prisonniers de la Bastille, dont la vue se voit au fond de la composition). Gravé par L. Carpentier.

Très belle épreuve tirée en bistre.

583. La Fuite à dessein ou le parjure Louis XVI. — Vue de la fête donnée à la ville. — Vue de la fête donnée aux Champs-Élysées. — Vue de la fête donnée sur la place de la Bastille. — Vue de la décoration de la statue de Henri IV. Cinq pièces gravées à la manière du lavis.

Très belles épreuves en noir et en bistre.

584. Fin tragique de Marie-Antoinette d'Autriche, Reine de France, exécutée le 16 octobre 1793. Petite pièce anonyme, gravée à la manière du lavis.

Très belle épreuve en bistre.

585. Portrait de Louis XVI et de Marie-Antoinette. — Testament de Louis XVI. — Exécution de la Reine. — Princesse de Lamballe.

— Latude. — Cécile Renaud. — Rouget de l'Isle. — Réunion d'assignats en forme de trompe-l'œil. — Carte de sûreté délivrée au citoyen J. B. Champion, etc. Soixante-quinze pièces.

Belles épreuves.

586. Certificat de bravoure et de mérite délivré au citoyen Chevallard, capitaine à la 66me demi-brigade. — Congé absolu, d'après C. Vernet, par Godefroy. Deux pièces.

Très belles épreuves.

REYNOLDS (D'après SIR JOSHUA).

587. BINGHAM (Miss). — SPENCER (Lady). Deux charmants portraits, faisant pendants, gravés par Bonnefoy. In-fol.

Très belles épreuves avant la lettre, imprimées en couleurs. Très rares.

588. CLINTON (Lady-Catherine Pelham), en pied. Gravé à la manière noire, par J.-R. Smith. In-fol.

Très belle épreuve. Très rare.

589. KAUFFMANN (A.), par E. Morace. In-fol.

Très belle épreuve.

590. BALDWEN (Mrs) — DELMÉ (The Right, Honble Lady). — HARRIS (Miss F.). — HERBERT (Lady). — HOWARD (Lady C.). — O'BRIEN (Miss). — RUTTAND (Duchess of). — STANHOPE (Mrs). Huit portraits in-8° gravés en manière noire et en réduction par S. W. Reynolds.

Superbes épreuves lettres grises, elles sont avant toutes adresses et tirées sur grand papier. Toutes marges.

591. *Girl with a Kitten*, par W. S. Senus.

Superbe et très rare épreuve avant toutes lettres, seulement le nom des graveurs tracé à la pointe. Grande marge.

592. Vénus, par A. Briceau.

Très belle épreuve imprimée en couleurs.

593. *Vénus*, par J. Collyer.

Très belle épreuve.

594. CHOLMONDELEY (Mrs). — La MÊME DAME en réduction. — MARY CAMPWELL. — THE BEAUTY UNMASKED, quatre portraits gravés à la manière noire par Corbutt et Ph. Dawe : les deux dernières pièces sont d'après Ramsay et Morland.

Très belles épreuves coloriées.

5

ROPS (F.).

595. Impudence.

Très belle épreuve, signée du monogramme de l'artiste.

ROWLANDSON?

596. *The disparture.*

Très belle épreuve en couleurs. Remargée.

RUBENS (D'après P. P.).

597. Le Chapeau de paille (Mademoiselle Lundens, femme de Rubens), par Maile.

Superbe et rare épreuve imprimée en couleurs. Grande marge.

598. Le Chapeau de paille (Portrait de la femme du Maître), gravé à la manière noire par S. W. Reynolds. In-4°.

Superbe épreuve avant la lettre. Grande marge.

RUOTTE.

599. Lamballe (Louise de Savoie Carignan, Princesse de) d'après Danloux. In-fol.

Superbe épreuve avant toutes lettres en couleurs, marge. Excessivement rare.

600. Le même portrait.

Très belle et rare épreuve lettres grises, imprimée en couleurs. Marge.

SAINT-AUBIN (D'après G. de).

601. La Guinguette, divertissement pantomime du Théâtre Italien. — Ballet dansé au théâtre de l'Opéra dans le Carnaval du Parnasse. Deux pièces faisant pendants, gravées par Basan.

Très belles épreuves, la première pièce a une grande marge.

602. La comparaison du bouton de rose, par Dennel.

Très belle épreuve.

SAINT-AUBIN (Par et d'après A. de).

603. Beaumarchais (P. A. Caron de), d'après C. N. Cochin. In-4° (E. B. 14).

Très belle épreuve. Grande marge.

604. Pompadour (Mme la marquise de), d'après C. N. Cochin, 1764. In-4° (130).

Très belle épreuve avant le nom de Marmontel au-dessous des vers dans la tablette. Rare.

605. Tableau des Portraits à la mode, par P. F. Courtois (378).

Très belle épreuve. Marge.

606. La Promenade des remparts de Paris, par P. F. Courtois (382).

Très belle épreuve.

607. Le Bal paré. — Le Concert. Deux pièces, faisant pendants, gravées par Duclos (402 et 403).

Très belles épreuves.

608. Le Réfractaire amoureux (E. B. 456).

Très belle et rare épreuve avant toutes lettres et avant de nombreux changements, notamment dans les armes et dans la figure de l'abbé qui, par la suite, a été remplacée par celle d'un officier. Marge.

SAYER (A Londres chez).

609. *A Free port open to all nations.* Pièce gravée à la manière noire.

Très belle épreuve.

SCHENAU (D'après J. E.).

610. La bonne Amitié, par Chevillet, 1769.

Très belle épreuve. Marge.

SERGENT (A. F.).

611. Marceau, en pied, né à Chartres, soldat à XVI ans, général à XXIII, mort à XXVII, dans le costume de colonel de Hussards qu'il portait au moment de sa mort. In-fol.

Très belle épreuve lettres grises, imprimée en couleurs. Rare.

612. Necker (Mr), Contrôleur général des Finances, d'après Duplessis. In-4°.

Très belle épreuve imprimée en couleurs.

SERGENT et DUFLOS.

613. Louis XVI, en pied, en costume du sacre. — Le même personnage en buste, coiffé d'un chapeau empanaché. Deux portraits in-4°.

Très belles épreuves, la première pièce est avant toutes lettres et coloriée, la seconde est imprimée en bistre. Marges.

SERVANDONI (D'après).

614. Plan et vue du feu d'artifice tiré à Paris sur la rivière le 21 janvier 1730, entre le Louvre et l'Hôtel de Bouillon, au sujet de la naissance de Mgr le Dauphin; au fond la vue du collège des Quatre Nations et du quai Malaquais.

Très belle épreuve avec marge. Rare.

SLODTZ (D'après).

615. Bal du may donné à Versailles pendant le Carnaval de l'année 1763, par Martinet.

Ancienne et très belle épreuve.

SMITH (J. R.).

616. *What you will.* Ce qui vous plaira.

Magnifique épreuve imprimée en couleurs du premier tirage : avant divers changements dans les inscriptions et avec nom du maître écrit, sous le trait carré, au milieu de l'estampe. Excessivement rare de cette qualité.

617. *The Countess of Rutland. — The Countess of Ranelagh. — Le Prince de Galles et Mlle sa sœur.* Trois portraits petit in-folio, gravés à la manière noire, d'après Kneller et Largillière.

Très belles épreuves.

SMITH (D'après J. R.).

618. *Thoughts on matrimony.* Charmante pièce gravée par W. Ward.

Très belle épreuve en couleurs. Sans marges.

SWEBACH-DESFONTAINES (D'après J. F. J.).

619. Le Jeune Darruder (Trait de bravoure du Jeune), par Descourtis.

Très belle épreuve imprimée en couleurs.

TANCHE (D'après N.).

620. Le Danger des Bosquets. — Les Désirs naissants. Deux pièces, faisant pendants, gravées par Le Beau.

Très belles épreuves.

TAUNAY (D'après N. A.).

621. Le Tambourin, par Descourtis.

Très belle épreuve imprimée en couleurs. Remargée.

TRINQUESSE (D'après L.).

622. L'Irrésolution ou la Confidence, par J. A. Pierron, 1787.

Très belle épreuve avant la dédicace. Remargée.

623. La même estampe.

Très belle épreuve du même état, elle manque de fraîcheur.

TURNER (C.).

624. *View of the fort de Joux* (Le Colonel Moulin et les Capitaines de Frotté, Girod et d'Hauteroche dans leur prison). Pièce intéressante publiée en 1809, gravée d'après W. M. Craig.

Très belle épreuve en couleurs. Rare.

625. Harvey Christian Combe. Esqr (M. P.), gravé à la manière noire d'après Opie. In-f[o].

Très belle épreuve. Grande marge.

VALÉE (A.).

626. Pécoil (Mme) cueillant une tige d'œillet, d'après H. Rigaud. In-fol.

Très belle épreuve.

VAN GORP (D'après).

627. Le Déjeuner de Fanfan. — Ah ! qu'il est joli. Deux pièces, faisant pendants, gravées par Malles.

Très belles épreuves imprimées en couleurs. Remargées.

VANLOO (D'après C.).

628. Pompadour (Mme de) en Belle Jardinière, par Anselin. In-fol.

Très belle épreuve du plus joli et du plus authentique portrait de la célèbre marquise. Marge.

629. Prie (A[s] Berthelot de Pléneuf, marquise de), une perruche sur un doigt, gravé par Chereau. In-fol.

Très belle épreuve.

630. SABRAN (L^se^ Ch^te^ de Foix-Rabat, marquise de), tenant une colombe sur un coussin, gravé par Chereau. In-folio.

Très belle épreuve, elle est très fraiche et a une grande marge.

631. La Sultane (Portrait de Mme DE POMPADOUR). — La Confidence. Deux pièces, faisant pendants, gravées par Beauvarlet.

Très belles épreuves.

632. Le Coucher, par Porporati.

Très belle épreuve avant toutes lettres.
Cadre ancien, bois doré et sculpté.

633. La même estampe.

Très belle épreuve également avant la lettre.

VÉRITÉ.

634. MADAME, fille de Louis XVI (Mlle C^se^ Charlotte de France), d'après Danloux. In-8°.

Très belle épreuve d'un joli portrait fort rare.

VERNET (D'après C.).

635. Oh! c'est bien ça, par Levachez.

Très belle épreuve du premier tirage, avant que le titre ait été changé en : *Costumes français et anglais.*

VERNET (H.).

636. La vie d'un soldat. — Enfance de Napoléon. — Pièces d'albums. Vingt pièces.

Très belles épreuves avant et avec la lettre.

VICTOIRE (d'après F.).

637. Le pauvre jeune Homme, par Éléonore, femme Lefèvre.

Très belle épreuve.

VUES.

638. Vue de Versailles. — Vue de la Place du Marché à Calais. Deux pièces gravées, d'après J.-C. Nattes et Gendall, en 1805 et en 1820.

Très belles et très fraiches épreuves en couleurs.

639. Vues de Londres, de Paris et de ses environs. Vingt-trois pièces connues sous le nom de vues d'optique, parmi lesquelles nous citerons, entre autres pièces rares, la vue des Boulevards, de la foire St-Ovide, de la foire St-Germain, L'incendie de l'Opéra, etc.

Épreuves coloriées.

WALKER (J.).

640. Samoïloff (Son Ex^{nce} le Comte), gravé à la manière noire d'après le Professeur Lampi. In-fol.

Très belle épreuve. Rare.

WATTEAU (Par et d'après Ant.).

641. La Troupe Italienne, gravé à l'eau-forte par Watteau et retouché au burin par Simoneau l'aîné (Ed. de G. 1).

Très belle épreuve.

642. L'Amour désarmé, par Audran (33).

Très belle épreuve.

643. Retour de chasse (Portrait de Mme de Vermanton, nièce de M. de Julienne). Gravé par Audran (18).

Très belle épreuve.

644. L'Amour au Théâtre François. — L'Amour au Théâtre Italien. Deux pièces, faisant pendants, gravées par C. N. Cochin (65 et 69).

Très belles épreuves, la première pièce a une grande marge.

645. Comédiens François, par J.-M. Liotard (66).

Très belle épreuve. Grande marge.

646. Le Départ des Comédiens Italiens, par L. Jacob (70).

Très belle et rare épreuve tirée avant que la qualité de : *secrétaire de M. l'Envoyé de Florence à la cour de France*, suive le nom de M. l'abbé Penety.

647. L'Amante inquiète, par Aveline (81).

Très belle épreuve.

648. Arlequin, Pierrot et Scapin, par L. Surugue (75).

Très belle épreuve. Marge.

649. L'Indifférent, par G. Scotin (83).

Très belle épreuve.

650. L'Enseigne de Gersaint, par P. Aveline (95).

Très belle épreuve, de la pièce capitale et l'une des plus belles du maître, elle est très fraîche et a une petite marge. Rare de cette qualité.

651. L'Accord parfait, par Baron (97).

Très belle épreuve.

652. L'Accordée de village, réduction par Couché (98).

Deux épreuves à l'état d'eau-forte.

653. Les Agréments de l'été, par Joulin (100).

Très belle épreuve.

654. L'Amour paisible, par Baron (102).

Très belle épreuve,

655. Le Conteur, par C. N. Cochin (120).

Très belle épreuve, le titre écrit : *Le Compteur*.

656. La Contredanse, par Brion (122).

Très belle épreuve.

657. L'Embarquement pour Cythère, par Tardieu (128).

Très belle épreuve avant l'adresse de Chereau, elle est très fraiche et a de la marge. Excessivement rare de cette qualité.

658. L'Ile enchantée, par Le Bas (139).

Très belle épreuve.

658 *bis*. La Mariée du village, par C. N. Cochin (148).

Belle épreuve. Restaurée.

658 *ter*. La Signature du contrat, par A. Cardon (166).

Belle épreuve. Restaurée.

659. La Surprise, par B. Audran (167).

Très belle épreuve.

660. *Iris c'est de bonne heure avoir l'air à la danse*. — L'Alliance de la musique et de la comédie. — Le Docteur. — Étude pour la Finette. Quatre pièces.

Belles épreuves.

661. L'Aventurière. — Qu'ay je fait, assassins maudits. — Le Colin-Maillard. Trois pièces gravées par Joullain, Brion et Crepy fils.

Très belles épreuves.

662. Le Marchand d'orviétan. — Planches 1, 3 et 4 du Paravent à six feuilles. Quatre arabesques.

Très belles épreuves. Marges.

663. Mlle La Montagne, maîtresse de Watteau. Pièce anonyme postérieure ayant forme d'écran.

Très belle épreuve.

WEIROTTER.

664. Paysages et Ruines. — Village près de Bruxelles. — Village près d'Anvers. Dix-huit pièces gravées à l'eau-forte.

Très belles épreuves.

WHEATLEY (D'après F.).

665. *Winter*, par Bartolozzi.

Très belle épreuve en couleurs.

666. Oranges douces de la Chine. — Faiseur de Leige (*sic*). Deux pièces gravées par Aliprandi.

Très fraîches et très belles épreuves ayant de grandes marges.

WIGSTEAD (D'après H.).

667. *The Country vicars fire side*, par E. Williams.

Très belle épreuve imprimée en bistre. Rare.

WILLE (J.-G.).

668. Largillière (Mlle-G^{le} de), d'après le tableau peint par son père. In-fol.

Belle épreuve avec marge.

WILSON (D'après B.).

669. *Garrick in the character of King Lear act. III* 1^{s}. Gravé à la manière noire par J.-M. Ardell. In-fol.

Très belle épreuve sans marge.
Encadrée.

WILLE fils (Par et d'après).

670. Petit Waux-Hall, 1780.

Ancienne et très belle epreuve. Marge.

WRENK (F.).

671. *Wielhorska* (La comtesse). Gravé à la manière noire d'après Grassy. In-fol.

Très belle épreuve. Manque de fraicheur.

672. Sous ce numéro seront vendus quelques lots de gravures en feuilles et encadrées.

SUPPLÉMENT

COSTUMES

673. **LA MÉSANGÈRE** (P. de). Journal des Dames et des Modes (Costume parisien). *Paris, chez l'auteur*, 1796-1837. 41 années en 18 vol. in-8°, demi-rel. (Figures en couleurs.)

Cet exemplaire est ainsi composé :

Il est sans texte.

La première et la seconde années (1797) sont incomplètes des planches 16 et 33.

La cinquième année (1802) des planches 277 et 285.

La vingt-deuxième année (1818) des planches 1743-47-54-66-80-81 et 82.

La vingt-troisième année (1819) des planches 1789-1801-02-04-05-13-17-20-21-28-33-34-40-43-45-46-51-61-64-65 et 68.

La vingt-quatrième année (1820) des planches 1872-76-79-81-82-85-87-88-89-92-95-96-99-1900-04-06-11-12-18-20 à 33-35-36-38-41 et 47.

La vingt-cinquième année (1821) des planches 1959-67 et 2018.

La vingt-sixième année (1822) des planches 2037-41 et 60.

La vingt-huitième année (1824) de la planche 2277.

La vingt-neuvième année (1825) de la planche 2358.

La trente-quatrième année (1830) de la planche 2784.

La trente-septième année (1833) de la planche 3091.

La trente-huitième année (1834) des planches 3182-88-222 et 229.

La trente-neuvième année (1835) des planches 3246-47 et 97, plus des deux planches supplémentaires.

La quarantième année (1636) des planches 3379-83-84-84-3401-02-05-07-08-09-15-16 et 22.

La quarante et unième année (1837) des planches 3455 à 3461-3504-11-12-18-19 et 20.

A cet exemplaire ont été ajoutées :

24 vues, sur 15 feuilles, des théâtres de Paris, année 1797 (Très rares).

5 planches, dessins de bijoux

et 76 pièces du journal : *La Mode*.

Collection excessivement rare à trouver aussi complète et avec des épreuves aussi fraiches ; elle comprend en tout 4 376 planches.

VERNET (D'après J.).

674. **LES PORTS DE FRANCE**. Suite de quatorze pièces, plus quatre pièces supplémentaires : deux vues du Port du Havre et deux vues du Port et de la Ville de Rouen gravées par Le Bas et C. N. Cochin. Ensemble seize pièces. 1 vol. grand in-fol. obl. cart.

Superbes épreuves avant la lettre. Cette suite est excessivement rare à trouver en cet état et aussi complète.

Paris. — Typ. PHILIPPE RENOUARD, 19, rue des Saints-Pères. — 41977.